Clarice na cabeceira

Clarice Lispector

Clarice na cabeceira

Organização
TERESA MONTERO

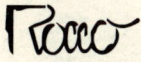

Copyright © 2009 *by* Clarice Lispector e
herdeiros de Clarice Lispector

Direitos desta edição reservados à
EDITORA ROCCO LTDA.
Av. Presidente Wilson, 231 – 8º andar
20030-021 – Rio de Janeiro, RJ
Tel.: (21) 3525-2000 – Fax: (21) 3525-2001
rocco@rocco.com.br / www.rocco.com.br

Printed in Brazil/Impresso no Brasil

CIP-Brasil. Catalogação na fonte
Sindicato Nacional dos Editores de Livros, RJ.

L753c	Lispector, Clarice, 1920-1977
	Clarice na cabeceira / Clarice Lispector; organização de Teresa Montero – Rio de Janeiro: Rocco, 2009.
	ISBN 978-85-325-2487-4
	1. Conto brasileiro. I. Ferreira, Teresa Cristina Montero, 1964-. II. Título.
09-4972	CDD – 869.93
	CDU – 821.134.3(81)-3

Sumário

11   Introdução
por Teresa Montero

15   Ruído de passos
apresentado por Adriana Falcão

19   Menino a bico de pena
apresentado por Adriana Lisboa

25   Amor
apresentado por Affonso Romano de Sant'Anna

39   A fuga
apresentado por Artur Xexéo

47   A procura de uma dignidade
apresentado por Benjamin Moser

61   Perdoando Deus
apresentado por Beth Goulart

69   Ele me bebeu
apresentado por Carla Camurati

77   O crime do professor de matemática
apresentado por Carlos Mendes de Sousa

89   O ovo e a galinha
apresentado por Claire Williams

103   A repartição dos pães
apresentado por Cora Rónai

109	A língua do "P" apresentado por Fernanda Takai
115	A quinta história apresentado por Fernanda Torres
121	O relatório da coisa apresentado por José Castello
133	A bela e a fera ou A ferida grande demais apresentado por Letícia Spiller
149	A menor mulher do mundo apresentado por Luis Fernando Verissimo
161	É para lá que eu vou apresentado por Luiz Fernando Carvalho
165	Feliz aniversário apresentado por Lya Luft
183	Felicidade clandestina apresentado por Malu Mader
189	Os desastres de Sofia apresentado por Maria Bethânia
211	A imitação da rosa apresentado por Marina Colasanti
235	Evolução de uma miopia apresentado por Mônica Waldvogel
245	Uma galinha apresentado por Rubem Fonseca

A Editora Rocco doou uma coleção
das obras completas de Clarice Lispector
para cada uma das bibliotecas indicadas
pelos leitores convidados.

Introdução

Clarice na cabeceira é uma seleção afetiva de 22 contos de Clarice Lispector feita por leitores que se dedicam a criar "instantes de beleza" em seus trabalhos: são escritores, atrizes, cineastas, cantoras, críticos literários e jornalistas. A frase de Guimarães Rosa ecoa no texto que cada leitor convidado escreveu: "Clarice, eu não leio você para a literatura, mas para a vida." Esta frase tocou tanto a escritora a ponto de ela registrá-la numa crônica em sua coluna no *Jornal do Brasil*.

Clarice Lispector sempre declarou seu amor por aqueles que tinham paciência de esperá-la através da palavra escrita. Ainda em vida, ela recebeu o carinho dos leitores sob diversas formas. Mas quem é esse personagem chamado leitor? Clarice respondeu: "O personagem leitor é um personagem curioso, estranho. Ao mesmo tempo que inteiramente individual e com reações próprias, é tão terrivelmente ligado ao escritor que na verdade ele, o leitor, é o escritor."

Desde que Clarice Lispector nos deixou, novas formas de declarar seu amor por ela e por sua obra foram encontradas. Uma legião de fãs cresce a cada ano, são principalmente jovens que fazem de Clarice o seu livro de cabeceira e gostam de registrar essa paixão nos seus diários virtuais na internet. Os números impressionam: no *google* há mais de um milhão de entradas para Lispector no mundo todo e cerca de 900 mil em português, 642 mil referências para *blogs* e 57 mil para *fotologs*. No *orkut* são 150 comunidades associadas ao seu nome, num total de 260 mil pessoas. Alguns títulos dessas comunidades retratam como os leitores se sentem diante da obra de Clarice: "Eu amo Clarice Lispector", "Clarice Lispector me lê", "Clarice Lispector fala por mim", "Clarice Lispector me entende".

Clarice está no mundo virtual, no cinema, no teatro, na dança, na televisão, na música. Ela continua atravessando as fronteiras e cativando leitores de todos os continentes. É traduzida em línguas mais conhecidas como inglês, francês, italiano, alemão e espanhol, e em línguas raras como croata, coreano, finlandês, sueco, hebraico, grego, tcheco, russo, catalão, turco e japonês. Objeto de inúmeras teses acadêmicas no Brasil e no exterior (onde destaca-se como a autora brasileira mais estudada), ocupa um lugar de destaque numa pesquisa internacional desenvolvida pelo projeto *Conexões Itaú Cultural – Mapeamento da Literatura Brasileira*: depois de Machado de Assis, seu nome é o mais lembrado pelos tradutores, professores e bibliotecários estrangeiros.

Gregory Rabassa, o renomado tradutor americano de Gabriel García Márquez, Jorge Amado, Mario Vargas Llosa e da própria Clarice, classificou-a como um dos mais influentes escritores brasileiros, descrita como a Kafka da ficção latino-americana. Quando ele fala sobre Clarice, seu comentário não se restringe ao aspecto literário: "Ela era tão bela, fiquei chocado ao encontrar uma pessoa rara que se parecia com Marlene Dietrich e escrevia como Virginia Woolf." (*New York Times*, 11 de março de 2005).

Vivendo numa aldeia global, e mesmo assistindo ao surgimento dos livros virtuais, a obra de Clarice Lispector aumenta seu contingente de leitores porque há o companheiro de todas as horas à nossa espera na cabeceira.

Clarice na cabeceira reúne contos de cada um dos livros de sua produção contística: *Laços de família* (1960), *A legião estrangeira* (1964), *Felicidade clandestina* (1971), *A via crucis do corpo* (1974), *Onde estivestes de noite* (1974) e *A bela e a fera* (1979).

Desde *Laços de família,* ela apresenta uma nova narrativa dissolvendo os esquemas naturalistas, segundo os quais um conto seria uma história com início, meio e fim. A publicação desta obra se deu no momento em que a escritora retornava ao Brasil, após 16 anos residindo no exterior, ao lado do marido diplomata e dos filhos. Sua volta marcou o reinício de sua trajetória literária, pois seus três primeiros romances datavam da década de 1940 e a publicação de *Alguns contos* (1952), pelo Ministério da Educação e Saúde – contendo seis contos de *Laços de família* – não teve nenhuma repercussão. A recepção de *Laços de família* foi muito bem-sucedida levando a mesma editora que lançou o livro de contos a também publicar no ano seguinte o romance *A maçã no escuro*.

Foram os contos, portanto, que colocaram Clarice Lispector mais próxima dos seus leitores. Isso não significa que desde a estreia do romance *Perto do coração selvagem* (1943) ela não tenha sido reconhecida como um novo talento da literatura brasileira. No entanto, quando a revista *Senhor* publicou, no final da década de 1950, contos como *A menor mulher do mundo*, *Feliz aniversário* e *A imitação da rosa*, a resposta positiva do público foi imediata e despertou o interesse das editoras.

O segundo livro, *A legião estrangeira* (1964), concomitante com a publicação de *A paixão segundo G.H.* no mesmo ano, reuniu entre outros, alguns contos publicados na *Senhor*, mas a sua recepção se expandiu quando o grande público pôde ler alguns deles na coluna de Clarice no *Jornal do Brasil*, entre 1967-1973.

No início da década de 1970, *Felicidade clandestina* (1971) resgata contos de *A legião estrangeira* e crônicas do *Jornal do Brasil*. O que é crônica e o que é conto neste livro? Os gêneros se misturam. Clarice afirmava: "Gênero não me pega mais." E mais uma vez sua escrita insólita atravessava a nossa literatura tal como previra Alceu Amoroso Lima ao ler *O lustre* (1946): "Ninguém escreve como ela. Ela não escreve como ninguém."

Nos últimos livros de contos, *Onde estivestes de noite*, *A via crucis do corpo*, e *A bela e a fera* (este último, um livro póstumo reunindo os primeiros contos datados da década de 1940, além de dois contos inéditos, provavelmente os últimos que escreveu), Clarice continuava experimentando no campo da linguagem, sem fazer concessões, mas agora buscando um modo de dizer mais direto, mais explícito. Segundo alguns críticos, rejeita os artifícios da arte e parece ser ela mesma, indisfarçável aos olhos do leitor.

Clarice na cabeceira torna-se, portanto, um livro singular, onde o leitor convidado pode compartilhar com outros leitores a experiência de ser leitor de Clarice Lispector. Agradecemos a contribuição de todos os leitores participantes deste livro que disseram com amor o nome de Clarice Lispector, fazendo-nos experimentar em sua companhia o delicado da vida.

Entremos, pois, em comunhão, e vamos ao encontro de Clarice. Amém para todos nós.

TERESA MONTERO
Doutora em Letras pela PUC-RJ, autora de
Eu sou uma pergunta. Uma biografia de Clarice Lispector (Rocco)

CONTO **Ruído de passos**

DO LIVRO **A VIA CRUCIS DO CORPO**

APRESENTAÇÃO **Adriana Falcão**

"Sabia, gosto de você chegar assim, arrancando páginas dentro de mim desde o primeiro dia."

Chico Buarque

GOSTO QUANDO CLARICE chega assim e me dá uma rasteira.

Aconteceu com "Ruído de passos".

Comecei a me apaixonar por dona Cândida Raposo nas primeiras linhas do conto.

Quem não se apaixonaria por uma velhinha de 81 anos que tem vertigem de viver?

"A altitude", "o verde das árvores", "a chuva", "arrepios com Liszt", "perfume de rosa", e vamos compreendendo a vertigem de dona Cândida. Até que ela nos surpreende, quando vai ao consultório médico se queixar que "ainda tem a coisa". Além de "a coisa", dona Cândida também se refere ao seu desejo de prazer como "o inferno". O diagnóstico do médico é preciso: "é a vida."

Quando achamos que era isso, que ideia corajosa, um conto sobre uma velhinha aristocrática que ainda sente volúpia sexual, e decide, sem mais alternativas, resolver seu problema sozinha, claro que Clarice vai além.

A filha que espera no carro, lá fora, o filho morto na guerra e "a intolerável dor no coração de sobreviver a um ser adorado", e lá vou eu me apaixonando cada vez mais por essa dona Cândida, gente, bicho, ser vivo. E não é que ela resolve se satisfazer sozinha, todas as noites, "sempre triste", "esperando a bênção da morte"?

O ruído de passos de seu marido, Antenor Raposo, me assusta como um filme de suspense.

E eu sinto a vida como um filme de suspense, e adoro e odeio minhas vertigens.

Tinha oitenta e um anos de idade. Chamava-se dona Cândida Raposo.

Essa senhora tinha a vertigem de viver. A vertigem se acentuava quando ia passar dias numa fazenda: a altitude, o verde das árvores, a chuva, tudo isso a piorava. Quando ouvia Liszt se arrepiava toda.

Fora linda na juventude. E tinha vertigem quando cheirava profundamente uma rosa.

Pois foi com dona Cândida Raposo que o desejo de prazer não passava.

Teve enfim a grande coragem de ir a um ginecologista. E perguntou-lhe envergonhada, de cabeça baixa:

— Quando é que passa?
— Passa o quê, minha senhora?
— A coisa.
— Que coisa?
— A coisa, repetiu. O desejo de prazer, disse enfim.
— Minha senhora, lamento lhe dizer que não passa nunca.

Olhou-o espantada.

— Mas eu tenho oitenta e um anos de idade!

— Não importa, minha senhora. É até morrer.
— Mas isso é o inferno!
— É a vida, senhora Raposo.
A vida era isso, então? essa falta de vergonha?
— E o que é que eu faço? ninguém me quer mais...
O médico olhou-a com piedade.
— Não há remédio, minha senhora.
— E se eu pagasse?
— Não ia adiantar de nada. A senhora tem que se lembrar que tem oitenta e um anos de idade.
— E... e se eu me arranjasse sozinha? o senhor entende o que eu quero dizer?
— É, disse o médico. Pode ser um remédio.

Então saiu do consultório. A filha esperava-a embaixo, de carro. Um filho Cândida Raposo perdera na guerra, era um pracinha. Tinha essa intolerável dor no coração: a de sobreviver a um ser adorado.

Nessa mesma noite deu um jeito e solitária satisfez-se. Mudos fogos de artifícios. Depois chorou. Tinha vergonha. Daí em diante usaria o mesmo processo. Sempre triste. É a vida, senhora Raposo, é a vida. Até a bênção da morte.

A morte.

Pareceu-lhe ouvir ruído de passos. Os passos de seu marido Antenor Raposo.

CONTO **Menino a bico de pena**
DO LIVRO FELICIDADE CLANDESTINA
APRESENTAÇÃO **Adriana Lisboa**

COMO CONHECER JAMAIS O MENINO. Lá está ele, um ponto no infinito, mas inteiramente atual, feito somente de um agora que já é outro agora que já é outro agora. No conto "Menino a bico de pena", Clarice desenha. Não pode ser com carvão. É preciso desenhar o menino com o traço mais fino de todos. Com o traço que, como o próprio menino, seja ainda só atualidade e infinitude. Um traço preciso como a palavra de um mestre zen, que nunca sobra, que nunca falta. E espaçoso em seus limites, ao mesmo tempo, porque só aquilo que sabe ser inteiramente agora pode passear com desenvoltura sobre a vertigem do infinito: esse menino, a bico de pena, antes da domesticação. Antes de virar humano e rombudo, presa do tempo adulto cotidiano. Antes de abrir mão, de uma vez por todas, da sua infinitude, da sua genuína loucura, cooperando — assim como fizeram os outros homens antes dele, e o Deus desses homens também. Por enquanto, o mundo fora do menino é aquilo que está dentro dele: o que ele enxerga (e só existe por isso: porque ele enxerga), o que se firma e o que cambaleia (quando ele se move, é o chão que se move). E o menino, ainda em seu retrato a bico de pena, antes de qualquer destino trágico e de crescer em médico ou carpinteiro, é aquele que mantém a curiosidade diante da fralda molhada ou do pingo de baba: porque o mundo é novo e se aquilata em maravilhas por minuto. Mesmo que ele já saiba que não morrer é *mãe*, e que é preciso saber chorar por isso.

Como conhecer jamais o menino? Para conhecê-lo tenho que esperar que ele se deteriore, e só então ele estará ao meu alcance. Lá está ele, um ponto no infinito. Ninguém conhecerá o hoje dele. Nem ele próprio. Quanto a mim, olho, e é inútil: não consigo entender coisa apenas atual, totalmente atual. O que conheço dele é a sua situação: o menino é aquele em quem acabaram de nascer os primeiros dentes e é o mesmo que será médico ou carpinteiro. Enquanto isso — lá está ele sentado no chão, de um real que tenho de chamar de vegetativo para poder entender. Trinta mil desses meninos sentados no chão, teriam eles a chance de construir um mundo outro, um que levasse em conta a memória da atualidade absoluta a que um dia já pertencemos? A união faria a força. Lá está ele sentado, iniciando tudo de novo mas para a própria proteção futura dele, sem nenhuma chance verdadeira de realmente iniciar.

Não sei como desenhar o menino. Sei que é impossível desenhá-lo a carvão, pois até o bico de pena mancha o papel para além da finíssima linha de extrema atualidade em que ele vive. Um dia o domesticaremos em humano, e poderemos desenhá-lo. Pois assim fizemos conosco e com Deus. O próprio menino ajudará sua domesticação: ele é esforçado e coopera. Coopera sem saber que essa ajuda que lhe pedimos é para o seu autossacrifício. Ultimamente ele até tem treinado muito. E assim continuará progredindo até que, pouco a pouco — pela bondade necessária com que nos salvamos — ele passará do tempo atual ao tempo cotidiano, da meditação à expressão, da existência à vida. Fazendo o grande sacrifício de não ser louco. Eu não sou louco por solidariedade com os milhares de nós que, para construir o possível, também sacrificaram a verdade que seria uma loucura.

Mas por enquanto ei-lo sentado no chão, imerso num vazio profundo.

Da cozinha a mãe se certifica: você está quietinho aí? Chamado ao trabalho, o menino ergue-se com dificuldade. Cambaleia sobre as pernas, com a atenção inteira para dentro: todo o seu equilíbrio é interno. Conseguido isso, agora a inteira atenção para fora: ele observa o que o ato de se erguer provocou. Pois levantar-se teve consequências e consequências: o chão move-se incerto, uma cadeira o supera, a parede o delimita. E na parede tem o retrato de *O Menino*. É difícil olhar para o retrato alto sem apoiar-se num móvel, isso ele ainda não treinou. Mas eis que sua própria dificuldade lhe serve de apoio: o que o mantém de pé é exatamente prender a atenção ao retrato alto, olhar para cima lhe serve de guindaste. Mas ele comete um erro: pestaneja. Ter pestanejado desliga-o por uma fração de segundo do retrato que o sustentava. O equilíbrio se desfaz — num único gesto total, ele cai sentado. Da boca entreaberta pelo esforço de vida a baba clara escorre e pinga no chão. Olha o pingo bem de perto, como a uma formiga. O braço ergue-se, avança em árduo mecanismo de etapas. E de súbito, como para prender um inefável, com inesperada violência ele achata a baba com a palma da mão. Pestaneja, espera. Finalmente, passado o tempo necessário que se tem de esperar pelas coisas, ele destampa cuidadosamente a mão e olha no assoalho o fruto da experiência. O chão está vazio. Em nova brusca etapa, olha a mão: o pingo de baba está, pois, colado na palma. Agora ele sabe disso também. Então, de olhos bem abertos, lambe a baba que pertence ao menino. Ele pensa bem alto: menino.

— Quem é que você está chamando? pergunta a mãe lá da cozinha.

Com esforço e gentileza ele olha pela sala, procura quem a mãe diz que ele está chamando, vira-se e cai para trás. Enquanto chora, vê a sala entortada e refratada pelas lágrimas, o volume branco cresce até ele — mãe! absorve-o com braços fortes, e eis que o menino está bem no alto do ar, bem no quente e no bom. O teto está mais perto, agora; a mesa, embaixo. E, como ele não pode mais de cansaço, começa a revirar as pupilas até que estas vão mergulhando na linha de horizonte dos olhos. Fecha-os sobre a última imagem, as grades da cama. Adormece esgotado e sereno.

A água secou na boca. A mosca bate no vidro. O sono do menino é raiado de claridade e calor, o sono vibra no ar. Até que, em pesadelo súbito, uma das palavras que ele aprendeu lhe ocorre: ele estremece violentamente, abre os olhos. E para o seu terror vê apenas isto: o vazio quente e claro do ar, sem mãe. O que ele pensa estoura em choro pela casa toda. Enquanto chora, vai se reconhecendo, transformando-se naquele que a mãe reconhecerá. Quase desfalece em soluços, com urgência ele tem que se transformar numa coisa que pode ser vista e ouvida senão ele ficará só, tem que se transformar em compreensível senão ninguém o compreenderá, senão ninguém irá para o seu silêncio ninguém o conhece se ele não disser e contar, farei tudo o que for necessário para que eu seja dos outros e os outros sejam meus, pularei por cima de minha felicidade real que só me traria abandono, e serei popular, faço a barganha de ser amado, é inteiramente mágico chorar para ter em troca: mãe.

Até que o ruído familiar entra pela porta e o menino, mudo de interesse pelo que o poder de um menino provoca, para de chorar: mãe. Mãe é: não morrer. E sua segurança é saber que tem um mundo para trair e vender, e que o venderá.

É mãe, sim é mãe com fralda na mão. A partir de ver a fralda, ele recomeça a chorar.

— Pois se você está todo molhado!

A notícia o espanta, sua curiosidade recomeça, mas agora uma curiosidade confortável e garantida. Olha com cegueira o próprio molhado, em nova etapa olha a mãe. Mas de repente se retesa e escuta com o corpo todo, o coração batendo pesado na barriga: fonfom!, reconhece ele de repente num grito de vitória e terror — o menino acaba de reconhecer!

— Isso mesmo! diz a mãe com orgulho, isso mesmo, meu amor, é fonfom que passou agora pela rua, vou contar para o papai que você já aprendeu, é assim mesmo que se diz: fonfom, meu amor! diz a mãe puxando-o de baixo para cima e depois de cima para baixo, levantando-o pelas pernas, inclinando-o para trás, puxando-o de novo de baixo para cima. Em todas as posições o menino conserva os olhos bem abertos. Secos como a fralda nova.

CONTO **Amor**

DO LIVRO LAÇOS DE FAMÍLIA

APRESENTAÇÃO **Affonso Romano de Sant'Anna**

Este conto "Amor" (*Laços de família*) me parece exemplar para o estudo de um dos temas mais fortes de Clarice – *a epifania*. Tratei disto primeiramente em *Análise estrutural de romances brasileiros* (1974) e mais amplamente no ensaio "O ritual epifânico do texto" (1988), que acompanha o volume *A paixão segundo G.H.* editado pela Unesco/UFSC e que republiquei em *Que fazer de Ezra Pound* (Imago).

A trajetória da personagem Ana – simples dona de casa – que certo dia sai da "raiz firme das coisas" e penetra "na hora perigosa da tarde" experimentando uma revelação/crise/náusea que a expulsa da "cegueira" cotidiana, é um movimento que vai se repetir em outros contos e nos romances de Clarice. Seus personagens estão sempre sendo submetidos a um conhecimento súbito da "verdade" em meio à banalidade da vida. Há um "rito de passagem", uma "iniciação" perigosa e sublime, que arrebata não só seus personagens, mas também o leitor e a própria narradora.

É desse arrebatamento que fala toda a obra de Clarice. E a melhor literatura é isso: é a fratura, o corte, o impacto dentro da trivialidade da vida. Clarice dedicou sua vida a revelar este espanto. E é este espanto que deixa os seus leitores igualmente atordoados.

Um pouco cansada, com as compras deformando o novo saco de tricô, Ana subiu no bonde. Depositou o volume no colo e o bonde começou a andar. Recostou-se então no banco procurando conforto, num suspiro de meia satisfação.

Os filhos de Ana eram bons, uma coisa verdadeira e sumarenta. Cresciam, tomavam banho, exigiam para si, malcriados, instantes cada vez mais completos. A cozinha era enfim espaçosa, o fogão enguiçado dava estouros. O calor era forte no apartamento que estavam aos poucos pagando. Mas o vento batendo nas cortinas que ela mesma cortara lembrava-lhe que se quisesse podia parar e enxugar a testa, olhando o calmo horizonte. Como um lavrador. Ela plantara as sementes que tinha na mão, não outras, mas essas apenas. E cresciam árvores. Crescia sua rápida conversa com o cobrador de luz, crescia a água enchendo o tanque, cresciam seus filhos, crescia a mesa com comidas, o marido chegando com os jornais e sorrindo de fome, o canto importuno das empregadas do edifício.

Ana dava a tudo, tranquilamente, sua mão pequena e forte, sua corrente de vida.

Certa hora da tarde era mais perigosa. Certa hora da tarde as árvores que plantara riam dela. Quando nada mais precisava de sua força, inquietava-se. No entanto sentia-se mais sólida do que nunca, seu corpo engrossara um pouco e era de se ver o modo como cortava blusas para os meninos, a grande tesoura dando estalidos na fazenda. Todo o seu desejo vagamente artístico encaminhara-se há muito no sentido de tornar os dias realizados e belos; com o tempo seu gosto pelo decorativo se desenvolvera e suplantara a íntima desordem. Parecia ter descoberto que tudo era passível de aperfeiçoamento, a cada coisa se emprestaria uma aparência harmoniosa; a vida podia ser feita pela mão do homem.

No fundo, Ana sempre tivera necessidade de sentir a raiz firme das coisas. E isso um lar perplexamente lhe dera. Por caminhos tortos, viera a cair num destino de mulher, com a surpresa de nele caber como se o tivesse inventado. O homem com quem casara era um homem verdadeiro, os filhos que tivera eram filhos verdadeiros. Sua juventude anterior parecia-lhe estranha como uma doença de vida. Dela havia aos poucos emergido para descobrir que também sem a felicidade se vivia: abolindo-a, encontrara uma legião de pessoas, antes invisíveis, que viviam como quem trabalha – com persistência, continuidade, alegria. O que sucedera a Ana antes de ter o lar estava para sempre fora de seu alcance: uma exaltação perturbada que tantas vezes se confundira com felicidade insuportável. Criara em troca algo enfim compreensível, uma vida de adulto. Assim ela o quisera e escolhera.

Sua precaução reduzia-se a tomar cuidado na hora perigosa da tarde, quando a casa estava vazia sem precisar mais dela, o sol alto, cada membro da família distribuído nas suas funções. Olhando os móveis limpos, seu coração se apertava um pouco em espanto. Mas na sua vida não havia lugar para que sentisse ternura pelo seu espanto — ela o abafava com a mesma habilidade que as lides em casa lhe haviam transmitido. Saía então para fazer compras ou levar objetos para consertar, cuidando do lar e da família à revelia deles. Quando voltasse era o fim da tarde e as crianças vindas do colégio exigiam-na. Assim chegaria a noite, com sua tranquila vibração. De manhã acordaria aureolada pelos calmos deveres. Encontrava os móveis de novo empoeirados e sujos, como se voltassem arrependidos. Quanto a ela mesma, fazia obscuramente parte das raízes negras e suaves do mundo. E alimentava anonimamente a vida. Estava bom assim. Assim ela o quisera e escolhera.

O bonde vacilava nos trilhos, entrava em ruas largas. Logo um vento mais úmido soprava anunciando, mais que o fim da tarde, o fim da hora instável. Ana respirou profundamente e uma grande aceitação deu a seu rosto um ar de mulher.

O bonde se arrastava, em seguida estacava. Até Humaitá tinha tempo de descansar. Foi então que olhou para o homem parado no ponto.

A diferença entre ele e os outros é que ele estava realmente parado. De pé, suas mãos se mantinham avançadas. Era um cego.

O que havia mais que fizesse Ana se aprumar em desconfiança? Alguma coisa intranquila estava sucedendo. Então ela viu: o cego mascava chicles... Um homem cego mascava chicles.

Ana ainda teve tempo de pensar por um segundo que os irmãos viriam jantar — o coração batia-lhe violento, espaçado. Inclinada, olhava o cego profundamente, como se olha o que não nos vê. Ele mastigava goma na escuridão. Sem sofrimento, com os olhos abertos. O movimento da mastigação fazia-o parecer sorrir e de repente deixar de sorrir, sorrir e deixar de sorrir — como se ele a tivesse insultado, Ana olhava-o. E quem a visse teria a impressão de uma mulher com ódio. Mas continuava a olhá-lo, cada vez mais inclinada — o bonde deu uma arrancada súbita jogando-a desprevenida para trás, o pesado saco de tricô despencou-se do colo, ruiu no chão — Ana deu um grito, o condutor deu ordem de parada antes de saber do que se tratava — o bonde estacou, os passageiros olharam assustados.

Incapaz de se mover para apanhar suas compras, Ana se aprumava pálida. Uma expressão de rosto, há muito não usada, ressurgira-lhe com dificuldade, ainda incerta, incompreensível. O moleque dos jornais ria entregando-lhe o volume. Mas os ovos se haviam quebrado no embrulho de jornal. Gemas amarelas e viscosas pingavam entre os fios da rede. O cego interrompera a mastigação e avançava as mãos inseguras, tentando inutilmente pegar o que acontecia. O embrulho dos ovos foi jogado fora da rede e, entre os sorrisos dos passageiros e o sinal do condutor, o bonde deu a nova arrancada de partida.

Poucos instantes depois já não a olhavam mais. O bonde se sacudia nos trilhos e o cego mascando goma ficara atrás para sempre. Mas o mal estava feito.

A rede de tricô era áspera entre os dedos, não íntima como quando a tricotara. A rede perdera o sentido e estar num bonde era um fio partido; não sabia o que fazer com as compras no colo. E como uma estranha música, o mundo recomeçava ao redor. O mal estava feito. Por quê? teria esquecido de que havia cegos? A piedade a sufocava, Ana respirava pesadamente. Mesmo as coisas que existiam antes do acontecimento estavam agora de sobreaviso, tinham um ar mais hostil, perecível... O mundo se tornara de novo um mal-estar. Vários anos ruíam, as gemas amarelas escorriam. Expulsa de seus próprios dias, parecia-lhe que as pessoas na rua eram periclitantes, que se mantinham por um mínimo equilíbrio à tona da escuridão — e por um momento a falta de sentido deixava-as tão livres que elas não sabiam para onde ir. Perceber uma ausência de lei foi tão súbito que Ana se agarrou ao banco da frente, como se pudesse cair do bonde, como se as coisas pudessem ser revertidas com a mesma calma com que não o eram.

O que chamava de crise viera afinal. E sua marca era o prazer intenso com que olhava agora as coisas, sofrendo espantada. O calor se tornara mais abafado, tudo tinha ganho uma força e vozes mais altas. Na Rua Voluntários da Pátria parecia prestes a rebentar uma revolução, as grades dos esgotos estavam secas, o ar empoeirado. Um cego mascando chicles mergulhara o mundo em escura sofreguidão. Em cada pessoa forte havia a ausência de piedade pelo cego e as pessoas assustavam-na com o vigor que possuíam. Junto dela havia uma senhora de azul, com um rosto. Desviou o olhar, depressa. Na calçada, uma mulher deu um empurrão no filho! Dois namorados entrelaçavam os dedos sorrindo... E o cego? Ana caíra numa bondade extremamente dolorosa.

Ela apaziguara tão bem a vida, cuidara tanto para que esta não explodisse. Mantinha tudo em serena compreensão, separava uma pessoa das outras, as roupas eram claramente feitas para serem usadas e podia-se escolher pelo jornal o filme da noite — tudo feito de modo a que um dia se seguisse ao outro. E um cego mascando goma despedaçava tudo isso. E através da piedade aparecia a Ana uma vida cheia de náusea doce, até a boca.

Só então percebeu que há muito passara do seu ponto de descida. Na fraqueza em que estava tudo a atingia com um susto; desceu do bonde com pernas débeis, olhou em torno de si, segurando a rede suja de ovo. Por um momento não conseguia orientar-se. Parecia ter saltado no meio da noite.

Era uma rua comprida, com muros altos, amarelos. Seu coração batia de medo, ela procurava inutilmente reconhecer os arredores, enquanto a vida que descobrira continuava a pulsar e um vento mais morno e mais misterioso rodeava-lhe o rosto. Ficou parada olhando o muro. Enfim pôde localizar-se. Andando um pouco mais ao longo de uma sebe, atravessou os portões do Jardim Botânico.

Andava pesadamente pela alameda central, entre os coqueiros. Não havia ninguém no Jardim. Depositou os embrulhos na terra, sentou-se no banco de um atalho e ali ficou muito tempo.

A vastidão parecia acalmá-la, o silêncio regulava sua respiração. Ela adormecia dentro de si.

De longe via a aleia onde a tarde era clara e redonda. Mas a penumbra dos ramos cobria o atalho.

Ao seu redor havia ruídos serenos, cheiro de árvores, pequenas surpresas entre os cipós. Todo o Jardim triturado pelos instantes já mais apressados da tarde. De onde vinha o meio sonho pelo qual estava rodeada? Como por um zunido de abelhas e aves. Tudo era estranho, suave demais, grande demais.

Um movimento leve e íntimo a sobressaltou — voltou-se rápida. Nada parecia se ter movido. Mas na aleia central estava imóvel um poderoso gato. Seus pelos eram macios. Em novo andar silencioso, desapareceu.

Inquieta, olhou em torno. Os ramos se balançavam, as sombras vacilavam no chão. Um pardal ciscava na terra. E de repente, com mal-estar, pareceu-lhe ter caído numa emboscada. Fazia-se no Jardim um trabalho secreto do qual ela começava a se aperceber.

Nas árvores as frutas eram pretas, doces como mel. Havia no chão caroços secos cheios de circunvoluções, como pequenos cérebros apodrecidos. O banco estava manchado de sucos roxos. Com suavidade intensa rumorejavam as águas. No tronco da árvore pregavam-se as luxuosas patas de uma aranha. A crueza do mundo era tranquila. O assassinato era profundo. E a morte não era o que pensávamos.

Ao mesmo tempo que imaginário — era um mundo de se comer com os dentes, um mundo de volumosas dálias e tulipas. Os troncos eram percorridos por parasitas folhudos, o abraço era macio, colado. Como a repulsa que precedesse uma entrega — era fascinante, a mulher tinha nojo, e era fascinante.

As árvores estavam carregadas, o mundo era tão rico que apodrecia. Quando Ana pensou que havia crianças e homens grandes com fome, a náusea subiu-lhe à garganta, como se ela estivesse grávida e abandonada. A moral do Jardim era outra. Agora que o cego a guiara até ele, estremecia nos primeiros passos de um mundo faiscante, sombrio, onde vitórias-régias boiavam monstruosas. As pequenas flores espalhadas na relva não lhe pareciam amarelas ou rosadas, mas cor de mau ouro e escarlates. A decomposição era profunda, perfumada... Mas todas as pesadas coisas, ela via com a cabeça rodeada por um enxame de insetos, enviados pela vida mais fina do mundo. A brisa se insinuava entre as flores. Ana mais adivinhava que sentia o seu cheiro adocicado... O Jardim era tão bonito que ela teve medo do Inferno.

Era quase noite agora e tudo parecia cheio, pesado, um esquilo voou na sombra. Sob os pés a terra estava fofa, Ana aspirava-a com delícia. Era fascinante, e ela sentia nojo.

Mas quando se lembrou das crianças, diante das quais se tornara culpada, ergueu-se com uma exclamação de dor. Agarrou o embrulho, avançou pelo atalho obscuro, atingiu a alameda. Quase corria — e via o Jardim em torno de si, com sua impersonalidade soberba. Sacudiu os portões fechados, sacudia-os segurando a madeira áspera. O vigia apareceu espantado de não a ter visto.

Enquanto não chegou à porta do edifício, parecia à beira de um desastre. Correu com a rede até o elevador, sua alma batia-lhe no peito — o que sucedia? A piedade pelo cego era tão violenta como uma ânsia, mas o mundo lhe parecia seu, sujo, perecível, seu. Abriu a porta de casa. A sala era grande, quadrada, as maçanetas brilhavam limpas, os vidros da janela brilhavam, a lâmpada brilhava — que nova terra era essa? E por um instante a vida sadia que levara até agora pareceu-lhe um modo moralmente louco de viver. O menino que se aproximou correndo era um ser de pernas compridas e rosto igual ao seu, que corria e a abraçava. Apertou-o com força, com espanto. Protegia-se trêmula. Porque a vida era periclitante. Ela amava o mundo, amava o que fora criado — amava com nojo. Do mesmo modo como sempre fora fascinada pelas ostras, com aquele vago sentimento de asco que a aproximação da verdade lhe provocava, avisando-a. Abraçou o filho, quase a ponto de machucá-lo. Como se soubesse de um mal — o cego ou o belo Jardim Botânico? — agarrava-se a ele, a quem queria acima de tudo. Fora atingida pelo demônio da fé. A vida é horrível, disse-lhe baixo, faminta. O que faria se seguisse o chamado do cego? Iria sozinha... Havia lugares pobres e ricos que precisavam dela. Ela precisava deles... Tenho medo, disse. Sentia as costelas delicadas da criança entre os braços, ouviu o seu choro assustado. Mamãe, chamou o menino. Afastou-o, olhou aquele rosto, seu coração crispou-se. Não deixe mamãe te esquecer, disse-lhe. A criança mal sentiu o abraço se afrouxar, escapou e correu até a porta do quarto, de onde olhou-a mais segura. Era o pior olhar que jamais recebera. O sangue subiu-lhe ao rosto, esquentando-o.

Deixou-se cair numa cadeira, com os dedos ainda presos na rede. De que tinha vergonha?

Não havia como fugir. Os dias que ela forjara haviam-se rompido na crosta e a água escapava. Estava diante da ostra. E não havia como não olhá-la. De que tinha vergonha? É que já não era mais piedade, não era só piedade: seu coração se enchera com a pior vontade de viver.

Já não sabia se estava do lado do cego ou das espessas plantas. O homem pouco a pouco se distanciara e em tortura ela parecia ter passado para o lado dos que lhe haviam ferido os olhos. O Jardim Botânico, tranquilo e alto, lhe revelava. Com horror descobria que pertencia à parte forte do mundo — e que nome se deveria dar à sua misericórdia violenta? Seria obrigada a beijar o leproso, pois nunca seria apenas sua irmã. Um cego me levou ao pior de mim mesma, pensou espantada. Sentia-se banida porque nenhum pobre beberia água nas suas mãos ardentes. Ah! era mais fácil ser um santo que uma pessoa! Por Deus, pois não fora verdadeira a piedade que sondara no seu coração as águas mais profundas? Mas era uma piedade de leão.

Humilhada, sabia que o cego preferiria um amor mais pobre. E, estremecendo, também sabia por quê. A vida do Jardim Botânico chamava-a como um lobisomem é chamado pelo luar. Oh! mas ela amava o cego! pensou com os olhos molhados. No entanto não era com este sentimento que se iria a uma igreja. Estou com medo, disse sozinha na sala. Levantou-se e foi para a cozinha ajudar a empregada a preparar o jantar.

Mas a vida arrepiava-a, como um frio. Ouvia o sino da escola, longe e constante. O pequeno horror da poeira ligando em fios a parte inferior do fogão, onde descobriu a pequena aranha. Carregando a jarra para mudar a água – havia o horror da flor se entregando lânguida e asquerosa às suas mãos. O mesmo trabalho secreto se fazia ali na cozinha. Perto da lata de lixo, esmagou com o pé a formiga. O pequeno assassinato da formiga. O mínimo corpo tremia. As gotas d'água caíam na água parada do tanque. Os besouros de verão. O horror dos besouros inexpressivos. Ao redor havia uma vida silenciosa, lenta, insistente. Horror, horror. Andava de um lado para outro na cozinha, cortando os bifes, mexendo o creme. Em torno da cabeça, em ronda, em torno da luz, os mosquitos de uma noite cálida. Uma noite em que a piedade era tão crua como o amor ruim. Entre os dois seios escorria o suor. A fé a quebrantava, o calor do forno ardia nos seus olhos.

Depois o marido veio, vieram os irmãos e suas mulheres, vieram os filhos dos irmãos.

Jantaram com as janelas todas abertas, no nono andar. Um avião estremecia, ameaçando no calor do céu. Apesar de ter usado poucos ovos, o jantar estava bom. Também suas crianças ficaram acordadas, brincando no tapete com as outras. Era verão, seria inútil obrigá-las a dormir. Ana estava um pouco pálida e ria suavemente com os outros.

Depois do jantar, enfim, a primeira brisa mais fresca entrou pelas janelas. Eles rodeavam a mesa, a família. Cansados do dia, felizes em não discordar, tão dispostos a não ver defeitos. Riam-se de tudo, com o coração bom e humano. As crianças cresciam admiravelmente em torno deles. E como a uma borboleta, Ana prendeu o instante entre os dedos antes que ele nunca mais fosse seu.

Depois, quando todos foram embora e as crianças já estavam deitadas, ela era uma mulher bruta que olhava pela janela. A cidade estava adormecida e quente. O que o cego desencadeara caberia nos seus dias? Quantos anos levaria até envelhecer de novo? Qualquer movimento seu e pisaria numa das crianças. Mas com uma maldade de amante, parecia aceitar que da flor saísse o mosquito, que as vitórias-régias boiassem no escuro do lago. O cego pendia entre os frutos do Jardim Botânico.

Se fora um estouro do fogão, o fogo já teria pegado em toda a casa! pensou correndo para a cozinha e deparando com seu marido diante do café derramado.

— O que foi?! gritou vibrando toda.

Ele se assustou com o medo da mulher. E de repente riu entendendo:

— Não foi nada, disse, sou um desajeitado. — Ele parecia cansado, com olheiras.

Mas diante do estranho rosto de Ana, espiou-a com maior atenção. Depois atraiu-a a si, em rápido afago.

— Não quero que lhe aconteça nada, nunca! disse ela.

— Deixe que pelo menos me aconteça o fogão dar um estouro, respondeu ele sorrindo.

Ela continuou sem força nos seus braços. Hoje de tarde alguma coisa tranquila se rebentara, e na casa toda havia um tom humorístico, triste. É hora de dormir, disse ele, é tarde. Num gesto que não era seu, mas que pareceu natural, segurou a mão da mulher, levando-a consigo sem olhar para trás, afastando-a do perigo de viver.

Acabara-se a vertigem de bondade.

E, se atravessara o amor e o seu inferno, penteava-se agora diante do espelho, por um instante sem nenhum mundo no coração. Antes de se deitar, como se apagasse uma vela, soprou a pequena flama do dia.

CONTO	**A fuga**
DO LIVRO	**A BELA E A FERA**
APRESENTAÇÃO	**Artur Xexéo**

QUANDO ESCREVEU "A FUGA", Clarice tinha seus vinte e poucos anos e estava publicando seus primeiros contos. Ainda não tinha lançado *Perto do coração selvagem*, ainda não era uma escritora famosa. Ainda não era a Clarice que viria a ser. É nesses contos, e especialmente em "A fuga", que aparece uma mulher que seria seu personagem constante por muito tempo e que revela as inquietações de Clarice àquela época. É uma mulher que tem medo, que está decidida a tomar um novo rumo, mas que ainda não sabe bem qual é. Ela quer se transformar, mas não sabe em quê. É uma mulher cansada que toma uma resolução. No caso do conto, a resolução não é das mais sofisticadas: ela sai de casa e não pretende voltar. Aproveita um dia de chuva com o que acredita ser a liberdade. É uma mulher confusa, pronta para novas descobertas. Ela acredita que o mundo vai mudar logo após virar uma esquina. Vivendo um casamento sem graça há 12 anos, ela agora sente-se independente só porque tomou a decisão de sair de casa. A certa altura, ela mesma se define: "Eu era uma mulher casada e agora sou uma mulher." Vinte e poucos parágrafos depois de anunciar sua suposta liberdade, "a mulher com medo" de Clarice retorna à casa. Deixa de ser uma mulher. Volta a ser uma mulher casada.

A protagonista de "A fuga" tornou-se um lugar-comum nos primeiros contos de Clarice Lispector. É a mulher insatisfeita que, mesmo que opte pela independência, pela liberdade, não sabe muito bem o que fazer com elas e acaba retomando a rotina de sempre. Em "A fuga", ela é uma mulher que vive um casamento frustrado. Mas, às vezes, a mesma "mulher cansada" aparece como uma solteirona solitária. Ou como uma velha que se arrepende de não ter escolhido determinado caminho muitos anos atrás. A mulher das primeiras experiências de Clarice com a ficção está sempre diante da possibilidade de um novo caminho. Mas não tem coragem de segui-lo. Ou percebe que as mudanças talvez só aconteçam mesmo em caminhos internos. Com um passado frustrado e um presente medíocre, ela perde-se nos labirintos do futuro. E caminha, implacavelmente, para um final nada feliz.

Relido hoje, é impressionante como "A fuga" já anunciava a mulher — e escritora — que Clarice se tornaria e, principalmente, como ele desenhava com precisão a insatisfação da mulher com o papel que a sociedade da primeira metade do século lhe reservava. Essa mulher só viria à tona quase duas décadas depois. Mas já existe nos primeiros contos de Clarice, aqueles escritos no comecinho dos anos 1940, certamente maturados no fim dos anos 1930. A mulher de Clarice Lispector estava sempre imaginando que hoje, finalmente hoje, alguma coisa diferente iria lhe acontecer. Mas, ao fim de cada um dos contos — às vezes, a solução para "a mulher com medo" era o suicídio —, descobria-se que não bastava querer, esperar, imaginar. "A mulher cansada" de Clarice tinha que agir.

Começou a ficar escuro e ela teve medo. A chuva caía sem tréguas e as calçadas brilhavam úmidas à luz das lâmpadas. Passavam pessoas de guarda-chuva, impermeável, muito apressadas, os rostos cansados. Os automóveis deslizavam pelo asfalto molhado e uma ou outra buzina tocava maciamente.

Quis sentar-se num banco do jardim, porque na verdade não sentia a chuva e não se importava com o frio. Só mesmo um pouco de medo, porque ainda não resolvera o caminho a tomar. O banco seria um ponto de repouso. Mas os transeuntes olhavam-na com estranheza e ela prosseguia na marcha.

Estava cansada. Pensava sempre: "Mas que é que vai acontecer agora?" Se ficasse andando. Não era solução. Voltar para casa? Não. Receava que alguma força a empurrasse para o ponto de partida. Tonta como estava, fechou os olhos e imaginou um grande turbilhão saindo do "Lar Elvira", aspirando-a violentamente e recolocando-a junto da janela, o livro na mão, recompondo a cena diária. Assustou-se. Esperou um momento em que ninguém passava para dizer com toda a força: "Você não voltará." Apaziguou-se.

Agora que decidira ir embora tudo renascia. Se não estivesse tão confusa, gostaria infinitamente do que pensara ao cabo de duas horas: "Bem, as coisas ainda existem." Sim, simplesmente extraordinária a descoberta. Há doze anos era casada e três horas de liberdade restituíam-na quase inteira a si mesma: — primeira coisa a fazer era ver se as coisas ainda existiam. Se representasse num palco essa mesma tragédia, se apalparia, beliscaria para saber-se desperta. O que tinha menos vontade de fazer, porém, era de representar.

Não havia, porém, somente alegria e alívio dentro dela. Também um pouco de medo e doze anos.

Atravessou o passeio e encostou-se à murada, para olhar o mar. A chuva continuava. Ela tomara o ônibus na Tijuca e saltara na Glória. Já andara para além do Morro da Viúva.

O mar revolvia-se forte e, quando as ondas quebravam junto às pedras, a espuma salgada salpicava-a toda. Ficou um momento pensando se aquele trecho seria fundo, porque tornava-se impossível adivinhar: as águas escuras, sombrias, tanto poderiam estar a centímetros da areia quanto esconder o infinito. Resolveu tentar de novo aquela brincadeira, agora que estava livre. Bastava olhar demoradamente para dentro d'água e pensar que aquele mundo não tinha fim. Era como se estivesse se afogando e nunca encontrasse o fundo do mar com os pés. Uma angústia pesada. Mas por que a procurava então?

A história de não encontrar o fundo do mar era antiga, vinha desde pequena. No capítulo da força da gravidade, na escola primária, inventara um homem com uma doença engraçada. Com ele a força da gravidade não pegava... Então ele caía para fora da terra, e ficava caindo sempre, porque ela não sabia lhe dar um destino. Caía onde? Depois resolvia: continuava caindo, caindo e se acostumava, chegava a comer caindo, dormir caindo, viver caindo, até morrer. E continuaria caindo? Mas nesse momento a recordação do homem não a angustiava e, pelo contrário, trazia-lhe um sabor de liberdade há doze anos não sentido. Porque seu marido tinha uma propriedade singular: bastava sua presença para que os menores movimentos de seu pensamento ficassem tolhidos. A princípio, isso lhe trouxera certa tranquilidade, pois costumava cansar-se pensando em coisas inúteis, apesar de divertidas.

Agora a chuva parou. Só está frio e muito bom. Não voltarei para casa. Ah, sim, isso é infinitamente consolador. Ele ficará surpreso? Sim, doze anos pesam como quilos de chumbo. Os dias se derretem, fundem-se e formam um só bloco, uma grande âncora. E a pessoa está perdida. Seu olhar adquire um jeito de poço fundo. Água escura e silenciosa. Seus gestos tornam-se brancos e ela só tem um medo na vida: que alguma coisa venha transformá-la. Vive atrás de uma janela, olhando pelos vidros a estação das chuvas cobrir a do sol, depois tornar o verão e ainda as chuvas de novo. Os desejos são fantasmas que se diluem mal se acende a lâmpada do bom-senso. Por que é que os maridos são o bom-senso? O seu é particularmente sólido, bom e nunca erra. Das pessoas que só usam uma marca de lápis e dizem de cor o que está escrito na sola dos sapatos. Você pode perguntar-lhe sem receio qual o horário dos trens, o jornal de maior circulação e mesmo em que região do globo os macacos se reproduzem com maior rapidez.

Ela ri. Agora pode rir... Eu comia caindo, dormia caindo, vivia caindo. Vou procurar um lugar onde pôr os pés...

Achou tão engraçado esse pensamento que se inclinou sobre o muro e pôs-se a rir. Um homem gordo parou a certa distância, olhando-a. Que é que eu faço? Talvez chegar perto e dizer: "Meu filho, está chovendo." Não. "Meu filho, eu era uma mulher casada e sou agora uma mulher." Pôs-se a caminhar e esqueceu o homem gordo.

Abre a boca e sente o ar fresco inundá-la. Por que esperou tanto tempo por essa renovação? Só hoje, depois de doze séculos. Saíra do chuveiro frio, vestira uma roupa leve, apanhara um livro. Mas hoje era diferente de todas as tardes dos dias de todos os anos. Fazia calor e ela sufocava. Abriu todas as janelas e as portas. Mas não: o ar ali estava, imóvel, sério, pesado. Nenhuma viração e o céu baixo, as nuvens escuras, densas.

Como foi que aquilo aconteceu? A princípio apenas o mal-estar e o calor. Depois qualquer coisa dentro dela começou a crescer. De repente, em movimentos pesados, minuciosos, puxou a roupa do corpo, estraçalhou-a, rasgou-a em longas tiras. O ar fechava-se em torno dela, apertava-a. Então um forte estrondo abalou a casa. Quase ao mesmo tempo, caíam grossos pingos d'água, mornos e espaçados.

Ficou imóvel no meio do quarto, ofegante. A chuva aumentava. Ouvia seu tamborilar no zinco do quintal e o grito da criada recolhendo a roupa. Agora era como um dilúvio. Um vento fresco circulava pela casa, alisava seu rosto quente. Ficou mais calma, então. Vestiu-se, juntou todo o dinheiro que havia em casa e foi embora.

Agora está com fome. Há doze anos não sente fome. Entrará num restaurante. O pão é fresco, a sopa é quente. Pedirá café, um café cheiroso e forte. Ah, como tudo é lindo e tem encanto. O quarto do hotel tem um ar estrangeiro, o travesseiro é macio, perfumada a roupa limpa. E quando o escuro dominar o aposento, uma lua enorme surgirá, depois dessa chuva, uma lua fresca e serena. E ela dormirá coberta de luar...

Amanhecerá. Terá a manhã livre para comprar o necessário para a viagem, porque o navio parte às duas horas da tarde. O mar está quieto, quase sem ondas. O céu de um azul violento, gritante. O navio se afasta rapidamente... E em breve o silêncio. As águas cantam no casco, com suavidade, cadência... Em torno, as gaivotas esvoaçam, brancas espumas fugidas do mar. Sim, tudo isso!

Mas ela não tem suficiente dinheiro para viajar. As passagens são tão caras. E toda aquela chuva que apanhou, deixou-lhe um frio agudo por dentro. Bem que pode ir a um hotel. Isso é verdade. Mas os hotéis do Rio não são próprios para uma senhora desacompanhada, salvo os de primeira classe. E nestes pode talvez encontrar algum conhecido do marido, o que certamente lhe prejudicará os negócios.

Oh, tudo isso é mentira. Qual a verdade? Doze anos pesam como quilos de chumbo e os dias se fecham em torno do corpo da gente e apertam cada vez mais. Volto para casa. Não posso ter raiva de mim, porque estou cansada. E mesmo tudo está acontecendo, eu nada estou provocando. São doze anos.

Entra em casa. É tarde e seu marido está lendo na cama. Diz-lhe que Rosinha esteve doente. Não recebeu seu recado avisando que só voltaria de noite? Não, diz ele.

Toma um copo de leite quente porque não tem fome. Veste um pijama de flanela azul, de pintinhas brancas, muito macio mesmo. Pede ao marido que apague a luz. Ele beija-a no rosto e diz que o acorde às sete horas em ponto. Ela promete, ele torce o comutador.

Dentre as árvores, sobe uma luz grande e pura.

Fica de olhos abertos durante algum tempo. Depois enxuga as lágrimas com o lençol, fecha os olhos e ajeita-se na cama. Sente o luar cobri-la vagarosamente.

Dentro do silêncio da noite, o navio se afasta cada vez mais.

CONTO **A procura de uma dignidade**

DO LIVRO LAÇOS DE FAMÍLIA

APRESENTAÇÃO **Benjamin Moser**

UMA JORNALISTA TELEFONOU para desmarcar uma entrevista com Clarice Lispector, semanas antes de sua morte. Clarice aconselhou à jornalista, Norma Couri, que não desmarcasse, talvez sentindo que não haveria outra ocasião. Ficaram um tempo falando quando Clarice disse: "Eu ando sempre na contramão." Norma demorou para entender que Clarice não estava falando metaforicamente: costumava andar literalmente de encontro ao fluxo dos transeuntes nas ruas do Rio de Janeiro.

"Meu drama: é que sou livre", escreveu. Mas sentimos, ao lê-la, que a liberdade sempre foi, para ela, uma conquista árdua, um bem que nunca chegou a possuir seguramente, uma luta travada contra uma multidão, uma andança em contramão. A procura da liberdade contra um mundo todo feito para negá-la é um dos grandes temas de Clarice Lispector, desde Virgínia, de *O lustre*, cuja liberdade é uma cara e frágil conquista: "Tomou um guardanapo, um pãozinho redondo... com um esforço extraordinário, quebrando em si mesma uma resistência estupefata, desviando o destino, jogou-os pela janela – e assim ela conservava o poder."

Como as personagens nas primeiras obras de Clarice Lispector, Virgínia é uma jovem; nas obras que se seguiram a *O lustre*, as rebeldes adolescentes amadurecem, como sua autora, e se transformam em mães e donas de casa, até que, nos últimos anos de sua vida, as protagonistas de Clarice viram viúvas, avós: senhoras, como a sra. Jorge B. Xavier, a heroína desse conto, que nem um nome próprio tem. Consumada por um desejo patético por Roberto Carlos, fisicamente presa nas entranhas do estádio do Maracanã, não está mais à procura de uma liberdade: agora, ela só quer uma mais modesta "dignidade". O tempo encurtando, com uma urgência mais palpitante ainda, ela só pede conservar o que resta de seu poder.

É nessa dramatização da crise de uma pessoa que bem sabe que a morte está se aproximando e que procura, por uma última vez que seja, andar na contramão, que vemos o poder sempre espantoso de Clarice Lispector, de nos ajudar a sentir "até o último fim o sentimento que permaneceria apenas vago e sufocador".

A Sra. Jorge B. Xavier simplesmente não saberia dizer como entrara. Por algum portão principal não fora. Pareceu-lhe vagamente sonhadora ter entrado por uma espécie de estreita abertura em meio a escombros de construção em obras, como se tivesse entrado de esguelha por um buraco feito só para ela. O fato é que quando viu já estava dentro.

E quando viu, percebeu que estava muito, muito dentro. Andava interminavelmente pelos subterrâneos do Estádio do Maracanã ou pelo menos pareceram-lhe cavernas estreitas que davam para salas fechadas e quando se abriam as salas só havia uma janela dando para o estádio. Este, àquela hora torradamente deserto, reverberava ao extremo sol de um calor inusitado que estava acontecendo naquele dia de pleno inverno.

Então a senhora seguiu por um corredor sombrio. Este a levou igualmente a outro mais sombrio. Pareceu-lhe que o teto dos subterrâneos era baixo.

E aí este corredor a levou a outro que a levou por sua vez a outro.

Dobrou o corredor deserto. E aí caiu em outra esquina. Que a levou a outro corredor que desembocou em outra esquina.

Então continuou automaticamente a entrar pelos corredores que sempre davam para outros corredores. Onde seria a sala da aula inaugural? Pois junto desta encontraria as pessoas com quem marcara encontro. A conferência era capaz de já ter começado. Ia perdê-la, ela que se forçava a não perder nada de *cultural* porque assim se mantinha jovem por dentro, já que até por fora ninguém adivinhava que tinha quase 70 anos, todos lhe davam uns 57.

Mas agora, perdida nos meandros internos e escuros do Maracanã, a senhora já arrastava pés pesados de velha.

Foi então que subitamente encontrou num corredor um homem surgido do nada e perguntou-lhe pela conferência que o homem disse ignorar. Mas esse homem pediu informações a um segundo homem que também surgira repentinamente ao dobramento do corredor.

Então este segundo homem informou que havia visto perto da arquibancada da direita, em pleno estádio aberto, "duas damas e um cavalheiro, uma de vermelho". A Sra. Xavier tinha dúvida de que essas pessoas fossem o grupo com quem devia se encontrar antes da conferência, e na verdade já perdera de vista o motivo pelo qual caminhava sem nunca mais parar. De qualquer modo seguiu o homem para o estádio, onde parou ofuscada no espaço oco de luz escancarada e mudez aberta, o estádio nu desventrado, sem bola nem futebol. Sobretudo sem multidão. Havia uma multidão que existia pelo vazio de sua ausência absoluta.

As duas damas e o cavalheiro já haviam sumido por algum corredor?

Então o homem disse com desafio exagerado: "Pois vou procurar para a senhora e vou encontrar de qualquer jeito essa gente, eles não podem ter sumido no ar."

E de fato de muito longe ambos os viram. Mas um segundo depois tornaram a desaparecer. Parecia um jogo infantil onde gargalhadas amordaçadas riam da Sra. Jorge B. Xavier.

Então entrou com o homem por outros corredores. Aí este homem também sumiu numa esquina.

A senhora já desistira da conferência que no fundo pouco lhe importava. Contanto que saísse daquele emaranhado de caminhos sem fim. Não haveria porta de saída? Então sentiu como se estivesse dentro de um elevador enguiçado entre um andar e outro. Não haveria porta de saída?

Então eis que subitamente lembrou-se das palavras de informação da amiga pelo telefone: "fica mais ou menos perto do Estádio do Maracanã." Diante dessa lembrança entendeu o seu engano de pessoa avoada e distraída que só ouvia as coisas pela metade, a outra ficando submersa. A Sra. Xavier era muito desatenta. Então, pois, não era no Maracanã o encontro, era apenas perto dali. No entanto o seu pequeno destino quisera-a perdida no labirinto.

Sim, então a luta recomeçou pior ainda: queria por força sair de lá e não sabia como nem por onde. E de novo apareceu no corredor aquele homem que procurava as pessoas e que de novo lhe garantiu que as acharia porque não podiam ter sumido no ar. Ele disse assim mesmo:

— As pessoas não podem ter sumido no ar!

A senhora informou:

— Não precisa mais se incomodar de procurar, sim? Muito obrigada, sim? Porque o lugar onde preciso encontrar as pessoas não é no Maracanã.

O homem parou imediatamente de andar para olhá-la perplexo:

— Então que é que a senhora está fazendo aqui?

Ela quis explicar que sua vida era assim mesmo, mas nem sequer sabia o que queria dizer com o "assim mesmo" nem com "sua vida", nada respondeu. O homem insistiu na pergunta, entre desconfiado e cauteloso: que é que ela estava fazendo ali? Nada, respondeu apenas em pensamento a senhora, já então prestes a cair de cansaço. Mas não lhe respondeu, deixou-o pensar que era louca. Além do mais ela nunca se explicava. Sabia que o homem a julgava louca — e quem dissera que não? pois não sentia aquela coisa que ela chamava de "aquilo" por vergonha? Se bem que soubesse ter a chamada saúde mental tão boa que só podia se comparar com sua saúde física. Saúde física já agora arrebentada pois rastejava os pés de muitos anos de caminho pelo labirinto. Sua via crucis. Estava vestida de lã muito grossa e sufocava suada ao inesperado calor de um auge de verão, esse dia de verão que era um aleijão do inverno. As pernas lhe doíam, doíam ao peso da velha cruz. Já se resignara de algum modo a nunca mais sair do Maracanã e a morrer ali de coração exangue.

Então, e como sempre, era só depois de desistir das coisas desejadas que elas aconteciam. O que lhe ocorreu de repente foi uma ideia: "mas que velha maluca eu sou". Por que em vez de continuar a perguntar pelas pessoas que não estavam lá, não procurava o homem e indagava dele como se saía dos corredores? Pois o que queria era apenas sair e não encontrar-se com ninguém.

Achou finalmente o homem, ao dobrar de uma esquina. E falou-lhe com voz um pouco trêmula e rouca por cansaço e medo de ter vã esperança. O homem desconfiado concordou mais do que depressa que era melhor mesmo que ela fosse embora para casa e disse-lhe com cuidado: "A senhora parece que não está muito bem da cabeça, talvez seja esse calor esquisito."

Dito isto, então simplesmente o homem entrou com ela no primeiro corredor e na esquina avistavam-se os dois largos portões abertos. Apenas assim? tão fácil assim?

Apenas assim.

Então a senhora pensou sem nada concluir que só para ela é que se havia tornado impossível achar a saída. A Sra. Xavier estava apenas um pouco espantada e ao mesmo tempo habituada. Na certa cada um tinha o próprio caminho a percorrer interminavelmente, fazendo isto parte do destino, no qual ela não sabia se acreditava ou não.

E havia o táxi passando. Mandou-o parar e disse-lhe controlando a voz que estava cada vez mais velha e cansada:

— Moço, não sei bem o endereço, esqueci. Mas o que sei é que a casa fica numa rua — não-me-lembro-mais-o-quê mas que fala em "Gusmão" e faz esquina com uma rua se não me engano chamada Coronel-não-sei-quê.

O chofer foi paciente como com uma criança: "Pois então não se afobe, vamos procurar calmamente uma rua que tenha Gusmão no meio e Coronel no fim", disse virando-se para trás num sorriso e aí piscou-lhe um olho de conivência que parecia indecente. Partiram aos solavancos que lhe sacudiam as entranhas.

Então de repente reconheceu as pessoas que procurava e que se achavam na calçada defronte de uma casa grande. Era porém como se a finalidade fosse chegar e não a de ouvir a palestra que a essa hora estava totalmente esquecida, pois a Sra. Xavier se perdera de seu objetivo. E não sabia em nome de que caminhara tanto. Então viu que se cansara para além das próprias forças e quis ir embora, a conferência era um pesadelo. Então pediu a uma senhora importante e vagamente conhecida e que tinha carro com chofer para levá-la em casa porque não estava se sentindo bem com o calor estranho. O chofer só viria daí a uma hora. Então a Sra. Xavier sentou-se numa cadeira que tinham posto para ela no corredor, sentou-se empertigada na sua cinta apertada, fora da cultura que se processava defronte na sala fechada. De onde não se ouvia som algum. Pouco lhe importava a cultura. E ali estava nos labirintos de 60 segundos e de 60 minutos que a encaminhariam a uma hora.

Então a senhora importante veio e disse assim: que a condução estava à porta mas que lhe informava que, como o chofer avisara que ia demorar muito, em vista da senhora não estar passando bem, mandara parar o primeiro táxi que vira. Por que a Sra. Xavier não tivera ela própria a ideia de chamar um táxi, em vez de dispor-se a se submeter aos meandros do tempo de espera? Então a Sra. Jorge B. Xavier agradeceu-lhe com extrema delicadeza. A senhora era sempre muito delicada e educada. Entrou no táxi e disse:

— Leblon, por obséquio.

Tinha o cérebro oco, parecia-lhe que sua cabeça estava em jejum.

Daí a pouco notou que rodavam e rodavam mas que de novo terminavam por voltar para uma mesma praça. Por que não saíam de lá? Não havia de novo caminho de saída? O chofer acabou confessando que não conhecia a zona Sul, que só trabalhava na zona Norte. E ela não sabia como ensinar-lhe o caminho. Cada vez mais a cruz dos anos pesava-lhe e a nova falta de saída apenas renovava a magia negra dos corredores do Maracanã. Não havia meio de se livrarem da praça! Então o chofer disse-lhe que tomasse outro táxi, e chegou mesmo a fazer sinal para um que passara ao lado. Ela agradeceu comedidamente, fazia cerimônia com as pessoas, mesmo com as conhecidas. Além do que era muito gentil. No novo táxi disse a medo:

— Se o senhor não se incomodar, vamos para o Leblon.

E simplesmente saíram logo da praça e entraram por novas ruas.

Foi ao abrir com a chave a porta do apartamento que teve vontade apenas mental e fantasiada de soluçar bem alto. Mas ela não era de soluçar nem de reclamar. De passagem avisou à empregada que não atenderia telefonema. Foi direto ao quarto, tirou toda a roupa, engoliu sem água uma pílula e então esperou que esta desse resultado.

Enquanto isso, fumava. Lembrou-se de que era mês de agosto e diziam que agosto dava azar. Mas setembro viria um dia como porta de saída. E setembro era por algum motivo o mês de maio: um mês mais leve e mais transparente. Foi vagamente pensando nisso que a sonolência finalmente veio e ela adormeceu.

Quando acordou horas depois então viu que chovia uma chuva fina e gelada, fazia um frio de lâmina de faca. Nua na cama ela enregelava. Então achou muito curioso uma velha nua.

Lembrou-se de que planejara a compra de uma echarpe de lã. Olhou o relógio: ainda encontraria o comércio aberto. Tomou um táxi e disse:

— Ipanema, por obséquio.

O homem disse:

— Como é que é? É para o Jardim Botânico?

— Ipanema, por favor — repetiu a senhora, bastante surpreendida. Era o absurdo do desencontro total: pois, que havia em comum entre as palavras *Ipanema* e *Jardim Botânico*? Mas de novo pensou vagamente que "era assim mesmo a sua vida".

Fez rapidamente a compra e viu-se na rua já escurecida sem ter o que fazer. Pois o Sr. Jorge B. Xavier viajara para São Paulo no dia anterior e só voltaria no dia seguinte.

Então, de novo em casa, entre tomar nova pílula para dormir ou fazer alguma outra coisa, optou pela segunda hipótese, pois lembrou-se de que agora poderia voltar a procurar a letra de câmbio perdida. O pouco que entendia era que aquele papel representava dinheiro. Há dois dias procurara minuciosamente pela casa toda, e até pela cozinha, mas em vão. Agora lhe ocorria: e por que não embaixo da cama? Talvez. Então ajoelhou-se no chão. Mas logo cansou-se de só estar apoiada nos joelhos e apoiou-se também nas duas mãos.

Então percebeu que estava de quatro.

Assim ficou um tempo, talvez meditativa, talvez não. Quem sabe, a Sra. Xavier estivesse cansada de ser um ente humano. Estava sendo uma cadela de quatro. Sem nobreza nenhuma. Perdida a altivez última. De quatro, um pouco pensativa talvez. Mas embaixo da cama só havia poeira.

Levantou-se com bastante esforço das juntas desarticuladas e viu que nada mais havia a fazer senão considerar com realismo — e era com um esforço penoso que via a realidade — considerar com realismo que a letra estava perdida e que continuar a procurá-la seria nunca sair do Maracanã.

E como sempre, já que desistira de procurar, ao abrir a gavetinha de lenços para tirar um — lá estava a letra de câmbio.

Então a senhora, cansada pelo esforço de ter ficado de quatro, sentou-se na cama e começou muito à toa a chorar de manso. Parecia mais uma lenga-lenga árabe. Há 30 anos não chorava, mas agora estava tão cansada. Se é que aquilo era choro. Não era. Era alguma coisa. Finalmente assoou o nariz. Então pensou o seguinte: que ela forçaria o "destino" e teria um destino maior. Com força de vontade se consegue tudo, pensou sem a menor convicção. E isso de estar presa a um destino ocorrera-lhe porque já começara sem querer a pensar em "aquilo".

Mas aconteceu então que a senhora também pensou o seguinte: era tarde demais para ter um destino. Ela pensou que bem faria qualquer tipo de permuta com outro ser. Foi então que lhe ocorreu que não havia com quem se permutar: o que quer que ela fosse, ela era ela e não podia se transformar numa outra única. Cada um era único. A Sra. Jorge B. Xavier também era.

Mas tudo o que lhe acontecera ainda era preferível a sentir "aquilo". E aquilo veio com seus longos corredores sem saída. "Aquilo", agora sem nenhum pudor, era a fome dolorosa de suas entranhas, fome de ser possuída pelo inalcançável ídolo de televisão. Não perdia um só programa dele. Então, já que não pudera se impedir de pensar nele, o jeito era deixar-se pensar e relembrar o rosto de menina-moça de Roberto Carlos, meu amor.

Foi lavar as mãos sujas de poeira e viu-se no espelho da pia. Então a Sra. Xavier pensou assim: "Se eu quiser muito, mas muito mesmo, ele será meu por ao menos uma noite." Acreditava vagamente na força de vontade. De novo se emaranhou no desejo que era retorcido e estrangulado.

Mas, quem sabe? Se desistisse de Roberto Carlos, então é que as coisas entre ele e ela aconteceriam. A Sra. Xavier meditou um pouco sobre o assunto. Então espertamente fingiu que desistia de Roberto Carlos. Mas bem sabia que a desistência mágica só dava resultados positivos quando era real, e não apenas um truque como modo de conseguir. A realidade exigia muito da senhora. Examinou-se ao espelho para ver se o rosto se tornaria bestial sob a influência de seus sentimentos. Mas era um rosto quieto que já deixara há muito de representar o que sentia. Aliás, seu rosto nunca exprimira senão boa educação. E agora era apenas a máscara de uma mulher de 70 anos. Então sua cara levemente maquilada pareceu-lhe a de um palhaço. A senhora forçou sem vontade um sorriso para ver se melhorava. Não melhorou.

Por fora – viu no espelho – ela era uma coisa seca como um figo seco. Mas por dentro não era esturricada. Pelo contrário. Parecia por dentro uma gengiva úmida, mole assim como gengiva desdentada.

Então procurou um pensamento que a espiritualizasse ou que a esturricasse de vez. Mas nunca fora espiritual. E por causa de Roberto Carlos a senhora estava envolta nas trevas da matéria onde ela era profundamente anônima.

De pé no banheiro era tão anônima quanto uma galinha.

Numa fração de fugitivo segundo quase inconsciente vislumbrou que todas as pessoas são anônimas. Porque ninguém é o outro e o outro não conhecia o outro. Então – então a pessoa é anônima. E agora estava emaranhada naquele poço fundo e mortal, na revolução do corpo. Corpo cujo fundo não se via e que era a escuridão das trevas malignas de seus instintos vivos como lagartos e ratos. E tudo fora de época, fruto fora de estação? Por que as outras velhas nunca lhe tinham avisado que até o fim isso podia acontecer? Nos homens velhos bem vira olhares lúbricos. Mas nas velhas não. Fora de estação. E ela viva como se ainda fosse alguém, ela que não era ninguém.

A Sra. Jorge B. Xavier era ninguém.

Então quis ter sentimentos bonitos e românticos em relação à delicadeza de rosto de Roberto Carlos. Mas não conseguiu: a delicadeza dele apenas a levava a um corredor escuro de sensualidade. E a danação era a lascívia. Era fome baixa: ela queria comer a boca de Roberto Carlos. Não era romântica, ela era grosseira em matéria de amor. Ali no banheiro, defronte do espelho da pia.

Com sua idade indelevelmente maculada.

Sem ao menos um pensamento sublime que lhe servisse de leme e que enobrecesse a sua existência.

Então começou a desmanchar o coque dos cabelos e a penteá-los devagar. Estavam precisando de nova tintura, as raízes brancas já apareciam. Então a senhora pensou o seguinte: na minha vida nunca houve um clímax como nas histórias que se leem. O clímax era Roberto Carlos. Meditativa, concluiu que iria morrer secretamente assim como secretamente vivera. Mas também sabia que toda morte é secreta.

Do fundo de sua futura morte imaginou ver no espelho a figura cobiçada de Roberto Carlos, com aqueles macios cabelos encaracolados que ele tinha. Ali estava, presa ao desejo fora de estação assim como o dia de verão em pleno inverno. Presa no emaranhado dos corredores do Maracanã. Presa ao segredo mortal das velhas. Só que ela não estava habituada a ter quase 70 anos, faltava-lhe prática e não tinha a menor experiência.

Então disse alto e bem sozinha:

— Robertinho Carlinhos.

E acrescentou ainda: meu amor. Ouviu sua voz com estranheza como se estivesse pela primeira vez fazendo, sem nenhum pudor ou sentimento de culpa, a confissão que no entanto deveria ser vergonhosa. A senhora devaneou que era capaz de Robertinho não querer aceitar o seu amor porque tinha ela própria consciência de que este amor era muito piegas, melosamente voluptuoso e guloso. E Roberto Carlos parecia tão casto, tão assexuado.

Seus lábios levemente pintados ainda seriam beijáveis? Ou por acaso era nojento beijar boca de velha? Examinou bem de perto e inexpressivamente os próprios lábios. E ainda inexpressivamente cantou baixo o estribilho da canção mais famosa de Roberto Carlos: "Quero que você me aqueça neste inverno e que tudo o mais vá para o inferno."

Foi então que a Sra. Jorge B. Xavier bruscamente dobrou-se sobre a pia como se fosse vomitar as vísceras e interrompeu sua vida com uma mudez estraçalhante: tem! que! haver! uma! porta! de saiiiiiída!

CONTO **Perdoando Deus**

DO LIVRO FELICIDADE CLANDESTINA

APRESENTAÇÃO **Beth Goulart**

QUEM ANDANDO PELO JARDIM BOTÂNICO, ou pela Lagoa Rodrigo de Freitas ou ainda assistindo a um pôr do sol no Arpoador não se sentiu parte de alguma coisa maior, uma nova dimensão, parte de uma teia invisível e permanente que liga todas as coisas numa relação de interdependência de vida? Esta sensação é muito forte e abre em nossa consciência um espaço para o invisível, o inominável, o absoluto ou ainda ao que chamamos de Deus. Esta força estranha e atraente que ora nos abraça ora nos repreende de acordo com a lei de nossas ações é o grande mistério do mundo.

Que relação podemos ter de intimidade e respeito, reverência ou medo diante do infinito e da grandeza, nós simples humanos, mortais e pecadores. Este conto nos leva a uma viagem pelo raciocínio de uma mulher que tocada pela beleza da vida se sente mãe de Deus, da Terra, das coisas e do mundo. É a intimidade perturbadora de que o micro está no macro e vice-versa.

Em sua prepotente eloquência e liberdade, não percebe a presença reveladora de um rato morto em seu caminho, símbolo do que é pequeno e sujo e de seus limites. Quantas vezes as lições da vida estão disfarçadas de pequenos acidentes cotidianos, pequenos tapas que levamos para acordar a consciência. Sua revolta se inicia pelo terror, seguido da ira com sentimentos de vingança infantil pela rejeição de Deus, ou pela simples e corriqueira expressão – Por que eu?

Aos poucos, ao se deparar com a conexão dos dois fatos e seu nexo, vê-se forçada a entender que amar é muito mais que aceitar a compreensão, é aceitar a incompreensão, que devemos amar ao que se é e não ao que gostaríamos que fosse, e que somos todos iguais, dependendo do ponto de vista. Para se amar a Deus é necessário amar todas as coisas vivas, o planeta, toda a humanidade, amar o bom e o belo, mas também amar o erro e a dor. A totalidade dos contrários, o caos, o tao, a música e o silêncio, entender e perdoar nosso limite e nosso tamanho para poder aumentá-lo. Não inventar Deus, mas sentir Deus.

Eu ia andando pela avenida Copacabana e olhava distraída edifícios, nesga de mar, pessoas, sem pensar em nada. Ainda não percebera que na verdade não estava distraída, estava era de uma atenção sem esforço, estava sendo uma coisa muito rara: livre. Via tudo, e à toa. Pouco a pouco é que fui percebendo que estava percebendo as coisas. Minha liberdade então se intensificou um pouco mais, sem deixar de ser liberdade. Não era *tour de propriétaire*, nada daquilo era meu, nem eu queria. Mas parece-me que me sentia satisfeita com o que via.

Tive então um sentimento de que nunca ouvi falar. Por puro carinho, eu me senti a mãe de Deus, que era a Terra, o mundo. Por puro carinho, mesmo, sem nenhuma prepotência ou glória, sem o menor senso de superioridade ou igualdade, eu era por carinho a mãe do que existe. Soube também que se tudo isso "fosse mesmo" o que eu sentia — e não possivelmente um equívoco de sentimento — que Deus sem nenhum orgulho e nenhuma pequenez se deixaria acarinhar, e sem nenhum compromisso comigo. Ser-Lhe-ia aceitável a intimidade com que eu fazia carinho. O sentimento era novo para mim, mas muito certo, e não ocorrera antes apenas porque não tinha podido ser. Sei que se ama ao que é Deus. Com amor grave, amor solene, respeito, medo, e reverência. Mas nunca tinham me falado de carinho maternal por Ele. E assim como meu carinho por um filho não o reduz, até o alarga, assim ser mãe do mundo era o meu amor apenas livre.

E foi quando quase pisei num enorme rato morto. Em menos de um segundo estava eu eriçada pelo terror de viver, em menos de um segundo estilhaçava-me toda em pânico, e controlava como podia o meu mais profundo grito. Quase correndo de medo, cega entre as pessoas, terminei no outro quarteirão encostada a um poste, cerrando violentamente os olhos, que não queriam mais ver. Mas a imagem colava-se às pálpebras: um grande rato ruivo, de cauda enorme, com os pés esmagados, e morto, quieto, ruivo. O meu medo desmesurado de ratos.

Toda trêmula, consegui continuar a viver. Toda perplexa continuei a andar, com a boca infantilizada pela surpresa. Tentei cortar a conexão entre os dois fatos: o que eu sentira minutos antes e o rato. Mas era inútil. Pelo menos a contiguidade ligava-os. Os dois fatos tinham ilogicamente um nexo. Espantava-me que um rato tivesse sido o meu contraponto. E a revolta de súbito me tomou: então não podia eu me entregar desprevenida ao amor? De que estava Deus querendo me lembrar? Não sou pessoa que precise ser lembrada de que dentro de tudo há o sangue. Não só não esqueço o sangue de dentro como eu o admito e o quero, sou demais o sangue para esquecer o sangue, e para mim a palavra espiritual não tem sentido, e nem a palavra terrena tem sentido. Não era preciso ter jogado na minha cara tão nua um rato. Não naquele instante. Bem poderia ter sido levado em conta o pavor que desde pequena me alucina e persegue, os ratos já riram de mim, no passado do mundo os ratos já me devoraram com pressa e raiva. Então era assim?, eu andando pelo mundo sem pedir nada, sem precisar de nada, amando de puro amor inocente, e Deus a me mostrar o seu rato? A grosseria de Deus me feria e insultava-me. Deus era bruto. Andando com o coração fechado, minha decepção era tão inconsolável como só em criança fui decepcionada. Continuei andando, procurava esquecer. Mas só me ocorria a vingança. Mas que vingança poderia eu contra um Deus Todo-Poderoso, contra um Deus que até com um rato esmagado podia me esmagar? Minha vulnerabilidade de criatura só. Na minha vontade de vingança nem ao menos eu podia encará-Lo, pois eu não sabia onde é que Ele mais estava, qual seria a coisa onde Ele mais estava e que eu, olhando com raiva essa coisa, eu O visse? no rato? naquela janela? nas pedras do chão? Em mim é que Ele não estava mais. Em mim é que eu não O via mais.

Então a vingança dos fracos me ocorreu: ah, é assim? pois então não guardarei segredo, e vou contar. Sei que é ignóbil ter entrado na intimidade de Alguém, e depois contar os segredos, mas vou contar — não conte, só por carinho não conte, guarde para você mesma as vergonhas Dele — mas vou contar, sim, vou espalhar isso que me aconteceu, dessa vez não vai ficar por isso mesmo, vou contar o que Ele fez, vou estragar a Sua reputação.

... mas quem sabe, foi porque o mundo também é rato, e eu tinha pensado que já estava pronta para o rato também. Porque eu me imaginava mais forte. Porque eu fazia do amor um cálculo matemático errado: pensava que, somando as compreensões, eu amava. Não sabia que, somando as incompreensões, é que se ama verdadeiramente. Porque eu, só por ter tido carinho, pensei que amar é fácil. É porque eu não quis o amor solene, sem compreender que a solenidade ritualiza a incompreensão e a transforma em oferenda. E é também porque sempre fui de brigar muito, meu modo é brigando. É porque sempre tento chegar pelo meu modo. É porque ainda não sei ceder. É porque no fundo eu quero amar o que eu amaria – e não o que é. É porque ainda não sou eu mesma, e então o castigo é amar um mundo que não é ele. É também porque eu me ofendo à toa. É porque talvez eu precise que me digam com brutalidade, pois sou muito teimosa. É porque sou muito possessiva e então me foi perguntado com alguma ironia se eu também queria o rato para mim. É porque só poderei ser mãe das coisas quando puder pegar um rato na mão. Sei que nunca poderei pegar num rato sem morrer de minha pior morte. Então, pois, que eu use o *magnificat* que entoa às cegas sobre o que não se sabe nem vê. E que eu use o formalismo que me afasta. Porque o formalismo não tem ferido a minha simplicidade, e sim o meu orgulho, pois é pelo orgulho de ter nascido que me sinto tão íntima do mundo, mas este mundo que eu ainda extraí de mim de um grito mudo. Porque o rato existe tanto quanto eu, e talvez nem eu nem o rato sejamos para ser vistos por nós mesmos, a distância nos iguala. Talvez eu tenha que aceitar antes de mais nada esta minha natureza que quer a morte de um rato. Talvez eu me ache delicada demais apenas porque não cometi os meus crimes. Só porque contive os meus crimes, eu me acho de amor inocente. Talvez eu não possa olhar o rato enquanto não olhar sem lividez esta minha alma que é apenas contida. Talvez eu tenha que chamar de "mundo" esse meu modo de ser um pouco de tudo. Como posso amar a grandeza do mundo se não posso amar o tamanho de minha natureza? Enquanto eu imaginar que "Deus" é bom só porque eu sou ruim, não estarei amando a nada: será apenas o meu modo de me acusar. Eu, que sem nem ao menos ter me percorrido toda, já escolhi amar o meu contrário, e ao meu contrário quero chamar de Deus. Eu, que jamais me habituarei a mim, estava querendo que o mundo não me escandalizasse. Porque eu, que de mim só consegui foi me submeter a mim mesma, pois sou tão mais inexorável do que eu, eu estava querendo me compensar de mim mesma com uma terra menos violenta que eu. Porque enquanto eu amar a um Deus só porque não me quero, serei um dado marcado, e o jogo de minha vida maior não se fará. Enquanto eu inventar Deus, Ele não existe.

CONTO **Ele me bebeu**

DO LIVRO **A VIA CRUCIS DO CORPO**

APRESENTAÇÃO **Carla Camurati**

DURANTE ALGUNS ANOS da minha vida, eu e meu querido amigo José Antonio Garcia gostávamos de passar a noite lendo, bebendo e fumando Clarice Lispector, era um verdadeiro torpor em que às vezes tínhamos acessos de risos e às vezes chorávamos muito... Ficávamos ali, consternados com as histórias das pessoas que em voz alta líamos um para o outro horas a fio. Parecíamos conhecer todos aqueles personagens. Ler Clarice Lispector é uma das viagens mais incríveis dentro da Alma humana. Podemos ver todas as sutilezas que na realidade protagonizam as nossas vidas: as inseguranças, os defeitos, as vergonhas e as alegrias. Todas ali expostas, mas expostas com tanto afeto e de forma tão contundente que em mim esse olhar que ela tem sobre as pessoas e o mundo mudou a minha maneira de perceber o outro. Desenvolveu em mim, com certeza, um olhar mais agudo e ao mesmo tempo mais generoso... que muito me ajuda a viver nesse mundo.

Foram momentos deliciosos da minha vida, muito emocionantes! Escrevemos três roteiros juntos.

Um contava a trajetória de Clarice, na qual eu faria uma das fases da sua vida. O filme começava com Clarice menina em Recife e ia até o final de seus dias.

Os outros dois eram adaptações desse saboroso livro *A via crucis do corpo*. Hum, que descoberta foi esse livro nas nossas noites! Tivemos uma febre por ele... O primeiro roteiro que realizamos foi "O corpo". José Antonio fez um filme muito especial, muito premiado e, infelizmente para nós, muito mal lançado. O elenco era: Antonio Fagundes, Marieta Severo e Claudia Gimenez. Eu fazia uma participação especial.

O outro é o meu conto escolhido, infelizmente não tenho mais o José Antonio ao meu lado para filmarmos juntos esse roteiro. "Ele me bebeu" é uma das mais interessantes tramas de amor contemporâneas que eu já li.

É uma história de amizade, competitividade, identidade, vaidade e renascimento. Tudo sem perder a delicadeza, como só Clarice sabia fazer. Aproveitem, agora, essa surpreendente história de Aurélia Nascimento e Serjoca passada nas noites curvas de Copacabana...

É Aconteceu mesmo.

Serjoca era maquilador de mulheres. Mas não queria nada com mulheres. Queria homens.

E maquilava Aurélia Nascimento. Aurélia era bonita e, maquilada, ficava deslumbrante. Era loura, usava peruca e cílios postiços. Ficaram amigos. Saíam juntos, essa coisa de ir jantar em boates.

Todas as vezes que Aurélia queria ficar linda ligava para Serjoca. Serjoca também era bonito. Era magro e alto.

E assim corriam as coisas. Um telefonema e marcavam encontro. Ela se vestia bem, era caprichada. Usava lentes de contato. E seios postiços. Mas os seus mesmos eram lindos, pontudos. Só usava os postiços porque tinha pouco busto. Sua boca era um botão de vermelha rosa. E os dentes grandes, brancos.

Um dia, às seis horas da tarde, na hora do pior trânsito, Aurélia e Serjoca estavam em pé junto do Copacabana Palace e esperavam inutilmente um táxi. Serjoca, de cansaço, encostara-se numa árvore. Aurélia impaciente.

Sugeriu que dessem ao porteiro dez cruzeiros para que ele lhes arranjasse uma condução. Serjoca negou: era duro para soltar dinheiro.

Eram quase sete horas. Escurecia. O que fazer?

Perto deles estava Affonso Carvalho. Industrial de metalurgia. Esperava o seu Mercedes com chofer. Fazia calor, o carro era refrigerado, tinha telefone e geladeira. Affonso fizera quarenta anos no dia anterior.

Viu a impaciência de Aurélia que batia com os pés na calçada. Interessante essa mulher, pensou Affonso. E quer carro. Dirigiu-se a ela:

— A senhorita está achando dificuldade de condução?

— Estou aqui desde as seis horas e nada de um táxi passar e nos pegar! Já não aguento mais.

— Meu chofer vem daqui a pouco, disse Affonso. Posso levá-los a alguma parte?

— Eu lhe agradeceria muito, inclusive porque estou com dor no pé.

Mas não disse que tinha calos. Escondeu o defeito. Estava maquiladíssima e olhou com desejo o homem. Serjoca muito calado.

Afinal veio o chofer, desceu, abriu a porta do carro. Entraram os três. Ela na frente, ao lado do chofer, os dois atrás. Tirou discretamente o sapato e suspirou de alívio.

— Para onde vocês querem ir?

— Não temos propriamente destino, disse Aurélia cada vez mais acesa pela cara máscula de Affonso.

Ele disse:

— E se fôssemos ao Number One tomar um drinque?
— Eu adoraria, disse Aurélia. Você não gostaria, Serjoca?
— É claro, preciso de uma bebida forte.

Então foram para a boate, a essa hora quase vazia. E conversaram. Affonso falou de metalurgia. Os outros dois não entendiam nada. Mas fingiam entender. Era tedioso. Mas Affonso estava entusiasmado e, embaixo da mesa, encostou o pé no pé de Aurélia. Justo o pé que tinha calo. Ela correspondeu, excitada. Aí Affonso disse:

— E se fôssemos jantar na minha casa? Tenho hoje *escargots* e frango com trufas. Que tal?

— Estou esfaimada.

E Serjoca mudo. Estava também aceso por Affonso.

O apartamento era atapetado de branco e lá havia escultura de Bruno Giorgi. Sentaram-se, tomaram outro drinque e foram para a sala de jantar. Mesa de jacarandá. Garçom servindo à esquerda. Serjoca não sabia comer *escargots* e atrapalhou-se todo com os talheres especiais. Não gostou. Mas Aurélia gostou muito, se bem que tivesse medo de ter hálito de alho. Mas beberam champanha francesa durante o jantar todo. Ninguém quis sobremesa, queriam apenas café.

E foram para a sala. Aí Serjoca se animou. E começou a falar que não acabava mais. Lançava olhos lânguidos para o industrial. Este ficou espantado com a eloquência do rapaz bonito. No dia seguinte telefonaria para Aurélia para lhe dizer: o Serjoca é um amor de pessoa.

E marcaram novo encontro. Desta vez num restaurante, o Albamar. Comeram ostras para começar. De novo Serjoca teve dificuldade de comer as ostras. Sou um errado, pensou.

Mas antes de se encontrarem, Aurélia telefonou para Serjoca: precisava de maquilagem urgente. Ele foi à sua casa.

Então, enquanto era maquilada, pensou: Serjoca está me tirando o rosto.

A impressão era a de que ele apagava os seus traços: vazia, uma cara só de carne. Carne morena.

Sentiu mal-estar. Pediu licença e foi ao banheiro para se olhar ao espelho. Era isso mesmo que ela imaginara: Serjoca tinha anulado o seu rosto. Mesmo os ossos — e tinha uma ossatura espetacular — mesmo os ossos tinham desaparecido. Ele está me bebendo, pensou, ele vai me destruir. E é por causa do Affonso.

Voltou sem graça. No restaurante quase não falou. Affonso falava mais com Serjoca, mal olhava para Aurélia: estava interessado no rapaz.

Enfim, enfim acabou o almoço.

Serjoca marcou encontro com Affonso para de noite. Aurélia disse que não podia ir, estava cansada. Era mentira: não ia porque não tinha cara para mostrar.

Chegou em casa, tomou um longo banho de imersão com espuma, ficou pensando: daqui a pouco ele me tira o corpo também. O que fazer para recuperar o que fora seu? A sua individualidade?

Saiu da banheira pensativa. Enxugou-se com uma toalha enorme, vermelha. Sempre pensativa. Pesou-se na balança: estava com bom peso. Daí a pouco ele me tira também o peso, pensou.

Foi ao espelho. Olhou-se profundamente. Mas ela não era mais nada.

— Então — então de súbito deu uma bruta bofetada no lado esquerdo do rosto. Para se acordar. Ficou parada olhando-se. E, como se não bastasse, deu mais duas bofetadas na cara. Para encontrar-se.

E realmente aconteceu.

No espelho viu enfim um rosto humano, triste, delicado. Ela era Aurélia Nascimento. Acabara de nascer. Nas-ci-men-to.

CONTO **O crime do professor de matemática**

DO LIVRO LAÇOS DE FAMÍLIA

APRESENTAÇÃO **Carlos Mendes de Sousa**

> "Mas se fosse o outro, o verdadeiro cão, enterrá-lo-ia na verdade onde ele próprio gostaria de ser sepultado se estivesse morto: no centro mesmo da chapada, a encarar de olhos vazios o sol."

OS DOIS ANOS QUE ANTECEDERAM a minha entrada na Universidade, como estudante de um curso de Letras, foram para mim os tempos de leitura mais intensa e mais caótica de que tenho memória. Nesses anos, dirigia-me quase invariavelmente todas as tardes até um antigo edifício do século XVI e subia a uma sala, donde se podiam entrever os claustros manuelinos de um mosteiro, lugar especialmente inspirador para leituras silenciosas. Era aí, junto à igreja de Santa Cruz, em Coimbra, que na época funcionava a Biblioteca Municipal; era aí que eu permanecia tardes inteiras, imerso num mundo de jornais, revistas e livros. Depois ia para casa carregado de empréstimos de ficção e de poesia.

Contudo, não foi nesse tempo de intermináveis leituras desordenadas que me vieram ter às mãos as obras de Clarice Lispector. Mas foi quase logo a seguir. Descobri Clarice quando já frequentava a Faculdade de Letras de Coimbra, ainda que não tivesse estudado a sua obra na disciplina de Literatura Brasileira ou em qualquer outra cadeira. Foi no meu segundo ano da licenciatura, precisamente há trinta anos, que se deu a descoberta, na biblioteca do Instituto de Estudos Brasileiros. Este já era um tempo de leituras dirigidas, e andava eu a fazer pesquisas sobre *Banguê*, de José Lins do Rego, quando deparei com o nome Lispector nas estantes. Dois anos após a morte, Clarice era ainda muito pouco conhecida em Portugal. Atraído pelo nome da escritora e pelo título do livro, requisitei *A maçã no escuro*. Que obra extraordinária! Tão diferente e difícil e desafiadora. Veio-me, então, de imediato, o desejo de ler tudo o que a autora escrevera.

Não consigo precisar por que ordem fui devorando os livros de Clarice, mas sei que entre os primeiros que li, numa iniciática fase de deslumbramento, se encontrava justamente *Laços de família*, um dos mais belos volumes de contos da língua portuguesa.

Nas suas narrativas de longo fôlego é muito marcante a tensão entre a irrupção do fragmentário e os propósitos arquitetônicos de fechamento. Em *A maçã no escuro* encontramos largos painéis narrativos que delineiam quadros, como se tratasse de micronarrativas independentes. Nos textos breves, em concreto nos contos de *Laços de família*, deparamos com um apuradíssimo equilíbrio de construção, mas também aqui, embora menos perceptíveis, ocorrem as mesmas tensões de toda a escrita clariciana, subsumidas na oscilação dialética entre o pendor formalizante, de que a estrutura de cada texto bem dá conta, e o desconcerto do imprevisível. Sob o traço polido da escrita, irrompem em todos os contos deste volume o sobressalto, a crispação, o assombro. A descida às galerias da alma ocorre nas mais vulgares situações do dia a dia. A existência turbulenta e selvagem, os purgatórios da paixão terreal, toda a dor e júbilo de ser e existir são interceptados no mínimo traço, no menor gesto: uma veia ou uma ruga anunciada no rosto intocado, um enterro ritualizado de um cão substituto, no conto que aqui apresento.

Os seres são confrontados consigo mesmos no meio de circunstâncias tão insignificantes, que as consequências, por contraste, revelam um lugar espantoso: a boca de um cego ("Amor"), boca escura a abrir e a fechar, avoluma-se e devém imagem obsessiva e perturbante; e esse cão desconhecido de "O crime do professor de matemática" torna-se, no enterro, o símbolo da própria irresolução agigantada – "algo realmente impune e para sempre". Mansa e obscuramente ronda a ameaça: a todo o momento pode chegar a "crise". Contudo, o perigo de dissolução a que se veem expostas as personagens claricianas é, paradoxalmente, a mais funda energia desses seres. E não há apaziguamento possível porque não mais se poderá segurar a vida, mesmo no interior das células protetoras do núcleo familiar. A este respeito é bem expressivo o desfecho dado ao professor de matemática: "E como se não bastasse ainda, começou a descer as escarpas em direção ao seio de sua família."

Quando li este conto pensei logo no romance *A maçã no escuro*. Naturalmente que o mais imediato ponto de contato entre os dois textos decorre do fato de os protagonistas serem homens, um estatístico e um professor de matemática, isto num universo ficcional marcado pela predominância das personagens femininas. Muito mais haveria para dizer sobre aquilo que há de comum entre os textos e que não cabe nesta breve nota. Lembro apenas o significado simbólico do percurso de Martim em *A maçã no escuro*. A sua caminhada, feita de avanços e recuos, poderá ser perspectivada como ato penitencial pelo "crime" cometido. No final do percurso veremos o anti-herói que nasce das provas, no meio do que falha, do que é incompletude, tropeço. Afinal, não houve crime. Tudo é questionamento nesse processo em que o homem se reconstrói a partir da redescoberta da linguagem. No início de "O crime do professor de matemática", o trajeto do homem suscita igualmente interpretações simbólicas. Antes de mais, o afastamento em relação à comunidade e a subida até ao ponto mais elevado da colina. Depois, o relevo concedido ao olhar e aos modos de ver, complementados pelo motivo da miopia (recorde-se o gesto repetido de pôr e tirar os óculos). Anuncia-se aqui uma operação que, em tudo, aponta para as consequências de uma visão em profundidade. O conto revela um dos eixos nucleares da obra de Clarice – a relação entre o humano e o animal – e confronta-nos com uma das mais violentas percepções subterrâneas deste universo literário: o território da culpa.

Estamos perante um texto que, envolvendo o maior disfarce, a partir da recorrente figura clariciana do professor, talvez seja um dos mais autobiográficos contos de *Laços de família*. Mas como sempre acontece na obra da autora, essa dimensão é admiravelmente transcendida. Em 1946, Clarice publicara num jornal brasileiro um conto intitulado "O crime" (*Letras e Artes*, 25 de agosto). É a própria Clarice que associa o texto a um episódio de ordem biográfica: o abandono de um cão (Dilermando), quando, nesse ano de 1946, se muda de Nápoles para Berna. Disso mesmo deu conta nas cartas que escreveu às irmãs. A tentativa de recuperação da perda manifesta-se obstinadamente pela via literária: "Anos depois entendi que o conto simplesmente não fora escrito. Então escrevi-o. Permanece no entanto a impressão de que continua não escrito." No final dos anos 1950, reescreve o conto, expandindo-o. A "impressão" a que a autora alude reenvia claramente para a culpa não resolvida, motor que ativará a compulsão em torno da escrita sobre o animal. Nos últimos tempos, outro cachorro entrará na vida de Clarice. Mas Ulisses como que entra pela porta da frente para tornar-se quase só linguagem (veremos essa manifestação em *Um sopro de vida*). O cão napolitano precisou de um duplo; e se o conto pode ser lido como um réquiem, também podemos lê-lo como uma das mais profundas reflexões sobre a questão da identidade.

Desde esse longínquo dia de 1979 em que casualmente me veio ter às mãos *A maçã no escuro*, que, de um modo ou de outro, não deixei de ter Clarice na cabeceira. Ao cabo de muitos anos, nunca me cansei de ler Clarice Lispector. E posso dizer que a sua obra continua a solicitar-me mais do que um mero impulso de revisitação. Ela continua a representar o próprio sentido inaugural da leitura. Isto é, leio sempre os seus textos como se os lesse pela primeira vez.

Quando o homem atingiu a colina mais alto, os sinos tocavam na cidade embaixo. Viam-se apenas os tetos irregulares das casas. Perto dele estava a única árvore da chapada. O homem estava de pé com um saco pesado na mão.

Olhou para baixo com olhos míopes. Os católicos entravam devagar e miúdos na igreja, e ele procurava ouvir as vozes esparsas das crianças espalhadas na praça. Mas apesar da limpidez da manhã os sons mal alcançavam o planalto. Via também o rio que de cima parecia imóvel, e pensou: é domingo. Viu ao longe a montanha mais alta com as escarpas secas. Não fazia frio mas ele ajeitou o paletó agasalhando-se melhor. Afinal pousou com cuidado o saco no chão. Tirou os óculos talvez para respirar melhor porque, com os óculos na mão, respirou muito fundo. A claridade batia nas lentes que enviaram sinais agudos. Sem os óculos, seus olhos piscaram claros, quase jovens, infamiliares. Pôs de novo os óculos, tornou-se um senhor de meia-idade e pegou de novo no saco: pesava como se fosse de pedra, pensou. Forçou a vista para perceber a correnteza do rio, inclinou a cabeça para ouvir algum ruído: o rio estava parado e apenas o som mais duro de uma voz atingiu por um instante a altura — sim, ele estava bem só. O ar fresco era inóspito, ele que morara numa cidade mais quente. A única árvore da chapada balançava os ramos. Ele olhou-a. Ganhava tempo. Até que achou que não havia por que esperar mais.

E no entanto aguardava. Certamente os óculos o incomodavam porque de novo os tirou, respirou fundo e guardou-os no bolso.

Abriu então o saco, espiou um pouco. Depois meteu dentro a mão magra e foi puxando o cachorro morto. Todo ele se concentrava apenas na mão importante e ele mantinha os olhos profundamente fechados enquanto puxava. Quando os abriu, o ar estava ainda mais claro e os sinos alegres tocaram novamente chamando os fiéis para o consolo da punição.

O cachorro desconhecido estava à luz.

Então ele se pôs metodicamente a trabalhar. Pegou no cachorro duro e negro, depositou-o numa baixa do terreno. Mas, como se já tivesse feito muito, pôs os óculos, sentou-se ao lado do cão e começou a observar a paisagem.

Viu muito claramente, e com certa inutilidade, a chapada deserta. Mas observou com precisão que estando sentado já não enxergava a cidadezinha embaixo. Respirou de novo. Remexeu no saco e tirou a pá. E pensou no lugar que escolheria. Talvez embaixo da árvore. Surpreendeu-se refletindo que embaixo da árvore enterraria este cão. Mas se fosse o outro, o verdadeiro cão, enterrá-lo-ia na verdade onde ele próprio gostaria de ser sepultado se estivesse morto: no centro mesmo da chapada, a encarar de olhos vazios o sol. Então, já que o cão desconhecido substituía o "outro", quis que ele, para maior perfeição do ato, recebesse precisamente o que o outro receberia. Não havia nenhuma confusão na cabeça do homem. Ele se entendia a si próprio com frieza, sem nenhum fio solto.

Em breve, por excesso de escrúpulo, estava ocupado demais em procurar determinar rigorosamente o meio da chapada. Não era fácil porque a única árvore se erguia num lado e, tendo-se como falso centro, dividia assimetricamente o planalto. Diante da dificuldade o homem concedeu: "não era necessário enterrar no centro, eu também enterraria o outro, digamos, bem onde eu estivesse neste mesmo instante em pé". Porque se tratava de dar ao acontecimento a fatalidade do acaso, a marca de uma ocorrência exterior e evidente — no mesmo plano das crianças na praça e dos católicos entrando na igreja — tratava-se de tornar o fato ao máximo visível à superfície do mundo sob o céu. Tratava-se de expor-se e de expor um fato, e de não lhe permitir a forma íntima e impune de um pensamento.

À ideia de enterrar o cão onde estivesse nesse mesmo momento em pé — o homem recuou com uma agilidade que seu corpo pequeno e singularmente pesado não permitia. Porque lhe pareceu que sob os pés se desenhara o esboço da cova do cão.

Então ele começou a cavar ali mesmo com pá rítmica. Às vezes se interrompia para tirar e de novo botar os óculos. Suava penosamente. Não cavou muito mas não porque quisesse poupar seu cansaço. Não cavou muito porque pensou lúcido: "se fosse para o verdadeiro cão, eu cavaria pouco, enterrá-lo-ia bem à tona". Ele achava que o cão à superfície da terra não perderia a sensibilidade.

Afinal largou a pá, pegou com delicadeza o cachorro desconhecido e pousou-o na cova.

Que cara estranha o cão tinha. Quando com um choque descobrira o cão morto numa esquina, a ideia de enterrá-lo tornara seu coração tão pesado e surpreendido, que ele nem sequer tivera olhos para aquele focinho duro e de baba seca. Era um cão estranho e objetivo.

O cão era um pouco mais alto que o buraco cavado e depois de coberto com terra seria uma excrescência apenas sensível do planalto. Era assim precisamente que ele queria. Cobriu o cão com terra e aplainou-a com as mãos, sentindo com atenção e prazer sua forma nas palmas como se o alisasse várias vezes. O cão era agora apenas uma aparência do terreno.

Então o homem se levantou, sacudiu a terra das mãos, e não olhou nenhuma vez mais a cova. Pensou com certo gosto: acho que fiz tudo. Deu um suspiro fundo, e um sorriso inocente de libertação. Sim, fizera tudo. Seu crime fora punido e ele estava livre.

E agora ele podia pensar livremente no verdadeiro cão. Pôs-se então imediatamente a pensar no verdadeiro cão, o que ele evitara até agora. O verdadeiro cão que agora mesmo devia vagar perplexo pelas ruas do outro município, farejando aquela cidade onde ele não tinha mais dono.

Pôs-se então a pensar com dificuldade no verdadeiro cão como se tentasse pensar com dificuldade na sua verdadeira vida. O fato do cachorro estar distante na outra cidade dificultava a tarefa, embora a saudade o aproximasse da lembrança.

"Enquanto eu te fazia à minha imagem, tu me fazias à tua", pensou então com auxílio da saudade. "Dei-te o nome de José para te dar um nome que te servisse ao mesmo tempo de alma. E tu – como saber jamais que nome me deste? Quanto me amaste mais do que te amei", refletiu curioso.

"Nós nos compreendíamos demais, tu com o nome humano que te dei, eu com o nome que me deste e que nunca pronunciaste senão com o olhar insistente", pensou o homem sorrindo com carinho, livre agora de se lembrar à vontade.

"Lembro-me de ti quando eras pequeno", pensou divertido, "tão pequeno, bonitinho e fraco, abanando o rabo, me olhando, e eu surpreendendo em ti uma nova forma de ter minha alma. Mas, desde então, já começavas a ser todos os dias um cachorro que se podia abandonar. Enquanto isso, nossas brincadeiras tornavam-se perigosas de tanta compreensão", lembrou-se o homem satisfeito, "tu terminavas me mordendo e rosnando, eu terminava jogando um livro sobre ti e rindo. Mas quem sabe o que já significava aquele meu riso sem vontade. Eras todos os dias um cão que se podia abandonar."

"E como cheiravas as ruas!", pensou o homem rindo um pouco, "na verdade não deixaste pedra por cheirar... Este era o teu lado infantil. Ou era o teu verdadeiro cumprimento de ser cão? e o resto apenas brincadeira de ser meu? Porque eras irredutível. E, abanando tranquilo o rabo, parecias rejeitar em silêncio o nome que eu te dera. Ah, sim, eras irredutível: eu não queria que comesses carne para que não ficasses feroz, mas pulaste um dia sobre a mesa e, entre os gritos felizes das crianças, agarraste a carne e, com uma ferocidade que não vem do que se come, me olhaste mudo e irredutível com a carne na boca. Porque, embora meu, nunca me cedeste nem um pouco de teu passado e de tua natureza. E, inquieto, eu começava a compreender que não exigias de mim que eu cedesse nada da minha para te amar, e isso começava a me importunar. Era no ponto de realidade resistente das duas naturezas que esperavas que nos entendêssemos: Minha ferocidade e a tua não deveriam se trocar por doçura: era isso o que pouco a pouco me ensinavas, e era isto também que estava se tornando pesado. Não me pedindo nada, me pedias demais. De ti mesmo, exigias que fosses um cão. De mim, exigias que eu fosse um homem. E eu, eu disfarçava como podia. Às vezes, sentado sobre as patas diante de mim, como me espiavas! Eu então olhava o teto, tossia, dissimulava, olhava as unhas. Mas nada te comovia: tu me espiavas. A quem irias contar? Finge – dizia-me eu –, finge depressa que és outro, dá a falsa entrevista, faz-lhe um afago, joga-lhe um osso – mas nada te distraía: tu me espiavas. Tolo que eu era. Eu fremia de horror, quando eras tu o inocente: que eu me virasse e de repente te mostrasse meu rosto verdadeiro, e eriçado, atingido, erguer-te-ias até a porta ferido para sempre. Oh, eras todos os dias um cão que se podia abandonar. Podia-se escolher. Mas tu, confiante, abanavas o rabo."

"Às vezes, tocado pela tua acuidade, eu conseguia ver em ti a tua própria angústia. Não a angústia de ser cão que era a tua única forma possível. Mas a angústia de existir de um modo tão perfeito que se tornava uma alegria insuportável: davas então um pulo e vinhas lamber meu rosto com amor inteiramente dado e certo perigo de ódio como se fosse eu quem, pela amizade, te houvesse revelado. Agora estou bem certo de que não fui eu quem teve um cão. Foste tu que tiveste uma pessoa."

"Mas possuíste uma pessoa tão poderosa que podia escolher: e então te abandonou. Com alívio abandonou-te. Com alívio sim, pois exigias – com a incompreensão serena e simples de quem é um cão heroico – que eu fosse um homem. Abandonou-te com uma desculpa que todos em casa aprovaram: porque como poderia eu fazer uma viagem de mudança com bagagem e família, e ainda mais um cão, com a adaptação ao novo colégio e à nova cidade, e ainda mais um cão? 'Que não cabe em parte alguma', disse Marta prática. 'Que incomodará os passageiros', explicou minha sogra sem saber que previamente me justificava, e as crianças choraram, e eu não olhava nem para elas nem para ti, José. Mas só tu e eu sabemos que te abandonei porque eras a possibilidade constante do crime que eu nunca tinha cometido. A possibilidade de eu pecar o que, no disfarçado de meus olhos, já era pecado. Então pequei logo para ser logo culpado. E este crime substitui o crime maior que eu não teria coragem de cometer", pensou o homem cada vez mais lúcido.

"Há tantas formas de ser culpado e de perder-se para sempre e de se trair e de não se enfrentar. Eu escolhi a de ferir um cão", pensou o homem. "Porque eu sabia que esse seria um crime menor e que ninguém vai para o Inferno por abandonar um cão que confiou num homem. Porque eu sabia que esse crime não era punível."

Sentado na chapada, sua cabeça matemática estava fria e inteligente. Só agora ele parecia compreender, em toda sua gélida plenitude, que fizera com o cão algo realmente impune e para sempre. Pois ainda não haviam inventado castigo para os grandes crimes disfarçados e para as profundas traições.

Um homem ainda conseguia ser mais esperto que o Juízo Final. Este crime ninguém o condenava. Nem a Igreja. "Todos são meus cúmplices, José. Eu teria que bater de porta em porta e mendigar que me acusassem e me punissem: todos me bateriam a porta com uma cara de repente endurecida. Este crime ninguém me condena. Nem tu, José, me condenarias. Pois bastaria, esta pessoa poderosa que sou, escolher de te chamar — e, do teu abandono nas ruas, num pulo me lamberias a face com alegria e perdão. Eu te daria a outra face a beijar."

O homem tirou os óculos, respirou, botou-os de novo.

Olhou a cova coberta. Onde ele enterrara um cão desconhecido em tributo ao cão abandonado, procurando enfim pagar a dívida que inquietantemente ninguém lhe cobrava. Procurando punir-se com um ato de bondade e ficar livre de seu crime. Como alguém dá uma esmola para enfim poder comer o bolo por causa do qual o outro não comeu o pão.

Mas como se José, o cão abandonado, exigisse dele muito mais que a mentira; como se exigisse que ele, num último arranco, fosse um homem — e como homem assumisse o seu crime — ele olhava a cova onde enterrara a sua fraqueza e a sua condição.

E agora, mais matemático ainda, procurava um meio de não se ter punido. Ele não devia ser consolado. Procurava friamente um modo de destruir o falso enterro do cão desconhecido. Abaixou-se então, e, solene, calmo, com movimentos simples — desenterrou o cão. O cão escuro apareceu afinal inteiro, infamiliar com a terra nos cílios, os olhos abertos e cristalizados. E assim o professor de matemática renovara o seu crime para sempre. O homem então olhou para os lados e para o céu pedindo testemunha para o que fizera. E como se não bastasse ainda, começou a descer as escarpas em direção ao seio de sua família.

CONTO O ovo e a galinha

DO LIVRO A LEGIÃO ESTRANGEIRA

APRESENTAÇÃO Claire Williams

Escorregadiço, líquido, viscoso... Este conto se acomoda à forma da mente de quem o lê. O enredo é deliciosamente mínimo: "De manhã na cozinha sobre a mesa vejo o ovo [...] E me faz sorrir no meu mistério." A mera vista desse ovo faz estalar na cabeça da narradora milhões de ovos-ideias e ovos-imagens que disparam em mil direções. É um *puzzle* de pedacinhos de casca de ovo. Tem múltiplas dimensões: terror, humor, romance, tragédia, ficção científica, geometria, filosofia, suspense, espionagem, história, gastronomia, anatomia, viagens no tempo e no espaço, genealogia, física, absurdeza, lógica, fórmulas matemáticas, comédia infantil... tudo... e nada. É um conto em que cada leitor encontrará uma frase, pelo menos uma, que o toca, que o faz ponderar. É um conto em que se descobre algo novo em cada leitura, e em que se perde. Nunca o entendo, mas não é propriamente para entender. Se lê com os sentidos, mas não tem um sentido propriamente dito. A própria Clarice levou este conto para um Congresso de Bruxaria na Colômbia em 1975 para representar a obra dela e confessou aos congressistas: "É misterioso até para mim." De um ponto de vista pessoal, o primeiro artigo de crítica literária que eu consegui publicar tratou deste conto e noções de maternidade e filiação. Marcou, assim, a eclosão da minha carreira. A palavra "galinha" aparece apenas 53 vezes e a palavra "ovo", 164 vezes, em quase todas as frases, cada "o" uma forma ovoide, dominando o texto. Não nos esclarece sobre a velha questão de quem chegou primeiro, mas acabamos sabendo, sem dúvida, quem desata mais atenção e inspiração.

De manhã na cozinha sobre a mesa vejo o ovo.

Olho o ovo com um só olhar. Imediatamente percebo que não se pode estar vendo um ovo. Ver um ovo nunca se mantém no presente: mal vejo um ovo e já se torna ter visto um ovo há três milênios. — No próprio instante de se ver o ovo ele é a lembrança de um ovo. — Só vê o ovo quem já o tiver visto. — Ao ver o ovo é tarde demais: ovo visto, ovo perdido. — Ver o ovo é a promessa de um dia chegar a ver o ovo. — Olhar curto e indivisível; se é que há pensamento; não há; há o ovo. — Olhar é o necessário instrumento que, depois de usado, jogarei fora. Ficarei com o ovo. — O ovo não tem um si-mesmo. Individualmente ele não existe.

Ver o ovo é impossível: o ovo é supervisível como há sons supersônicos. Ninguém é capaz de ver o ovo. O cão vê o ovo? Só as máquinas veem o ovo. O guindaste vê o ovo. — Quando eu era antiga um ovo pousou no meu ombro. — O amor pelo ovo também não se sente. O amor pelo ovo é supersensível.

A gente não sabe que ama o ovo. — Quando eu era antiga fui depositária do ovo e caminhei de leve para não entornar o silêncio do ovo. Quando morri, tiraram de mim o ovo com cuidado. Ainda estava vivo. — Só quem visse o mundo veria o ovo. Como o mundo, o ovo é óbvio.

O ovo não existe mais. Como a luz da estrela já morta, o ovo propriamente dito não existe mais. — Você é perfeito, ovo. Você é branco. — A você dedico o começo. A você dedico a primeira vez.

Ao ovo dedico a nação chinesa.

O ovo é uma coisa suspensa. Nunca pousou. Quando pousa, não foi ele quem pousou. Foi uma coisa que ficou embaixo do ovo. — Olho o ovo na cozinha com atenção superficial para não quebrá-lo. Tomo o maior cuidado de não entendê-lo. Sendo impossível entendê-lo, sei que se eu o entender é porque estou errando. Entender é a prova do erro. Entendê-lo não é o modo de vê-lo. — Jamais pensar no ovo é um modo de tê-lo visto. — Será que sei do ovo? É quase certo que sei. Assim: existo, logo sei. — O que eu não sei do ovo é o que realmente importa. O que eu não sei do ovo me dá o ovo propriamente dito. — A Lua é habitada por ovos.

O ovo é uma exteriorização. Ter uma casca é dar-se. — O ovo desnuda a cozinha. Faz da mesa um plano inclinado. O ovo expõe. — Quem se aprofunda num ovo, quem vê mais do que a superfície do ovo, está querendo outra coisa: está com fome.

Ovo é a alma da galinha. A galinha desajeitada. O ovo certo. A galinha assustada. O ovo certo. Como um projétil parado. Pois ovo é ovo no espaço. Ovo sobre azul. — Eu te amo, ovo. Eu te amo como uma coisa nem sequer sabe que ama outra coisa.

— Não toco nele. A aura de meus dedos é que vê o ovo. Não toco nele. — Mas dedicar-me à visão do ovo seria morrer para a vida mundana, e eu preciso da gema e da clara. — O ovo me vê. O ovo me idealiza? O ovo me medita? Não, o ovo apenas me vê. É isento da compreensão que fere. — O ovo nunca lutou. Ele é um dom. — O ovo é invisível a olho nu. De ovo a ovo chega-se a Deus, que é invisível a olho nu. — O ovo terá sido talvez um triângulo que tanto rolou no espaço que foi se ovalando. — O ovo é basicamente um jarro? Terá sido o primeiro jarro moldado pelos etruscos? Não. O ovo é originário da Macedônia. Lá foi calculado, fruto da mais penosa espontaneidade. Nas areias da Macedônia um homem com uma vara na mão desenhou-o. E depois apagou-o com o pé nu.

Ovo é coisa que precisa tomar cuidado. Por isso a galinha é o disfarce do ovo. Para que o ovo atravesse os tempos a galinha existe. Mãe é para isso. — O ovo vive foragido por estar sempre adiantado demais para a sua época. — Ovo por enquanto será sempre revolucionário. — Ele vive dentro da galinha para que não o chamem de branco. O ovo é branco mesmo. Mas não pode ser chamado de branco. Não porque isso faça mal a ele, mas as pessoas que chamam a ovo de branco, essas pessoas morrem para a vida. Chamar de branco aquilo que é branco pode destruir a humanidade. Uma vez um homem foi acusado de ser o que ele era, e foi chamado de Aquele Homem. Não tinham mentido: Ele era. Mas até hoje ainda não nos recuperamos, uns após outros. A lei geral para continuarmos vivos: pode-se dizer "um rosto bonito", mas quem disser "o rosto" morre; por ter esgotado o assunto.

Com o tempo, o ovo se tornou um ovo de galinha. Não o é. Mas, adotado, usa-lhe o sobrenome. – Deve-se dizer "o ovo da galinha". Se se disser apenas "o ovo", esgota-se o assunto, e o mundo fica nu. – Em relação ao ovo, o perigo é que se descubra o que se poderia chamar de beleza, isto é, sua veracidade. A veracidade do ovo não é verossímil. Se descobrirem, podem querer obrigá-lo a se tornar retangular. O perigo não é para o ovo, ele não se tornaria retangular. (Nossa garantia é que ele não pode: não pode é a grande força do ovo: sua grandiosidade vem da grandeza de não poder, que se irradia como um não querer.) Mas quem lutasse por torná-lo retangular estaria perdendo a própria vida. O ovo nos põe, portanto, em perigo. Nossa vantagem é que o ovo é invisível. E quanto aos iniciados, os iniciados disfarçam o ovo.

Quanto ao corpo da galinha, o corpo da galinha é a maior prova de que o ovo não existe. Basta olhar para a galinha para se tornar óbvio que o ovo é impossível de existir.

E a galinha? O ovo é o grande sacrifício da galinha. O ovo é a cruz que a galinha carrega na vida. O ovo é o sonho inatingível da galinha. A galinha ama o ovo. Ela não sabe que existe o ovo. Se soubesse que tem em si mesma um ovo, ela se salvaria? Se soubesse que tem em si mesma o ovo, perderia o estado de galinha. Ser uma galinha é a sobrevivência da galinha. Sobreviver é a salvação. Pois parece que viver não existe. Viver leva à morte. Então o que a galinha faz é estar permanentemente sobrevivendo. Sobreviver chama-se manter luta contra a vida que é mortal. Ser uma galinha é isso. A galinha tem o ar constrangido.

É necessário que a galinha não saiba que tem um ovo. Senão ela se salvaria como galinha, o que também não é garantido, mas perderia o ovo. Então ela não sabe. Para que o ovo use a galinha é que a galinha existe. Ela era só para se cumprir, mas gostou. O desarvoramento da galinha vem disso: gostar não fazia parte de nascer. Gostar de estar vivo dói. — Quanto a quem veio antes, foi o ovo que achou a galinha. A galinha não foi sequer chamada. A galinha é diretamente uma escolhida. — A galinha vive como em sonho. Não tem senso da realidade. Todo o susto da galinha é porque estão sempre interrompendo o seu devaneio. A galinha é um grande sono. — A galinha sofre de um mal desconhecido. O mal desconhecido da galinha é o ovo. — Ela não sabe se explicar: "sei que o erro está em mim mesma", ela chama de erro a sua vida, "não sei mais o que sinto" etc.

"Etc. etc. etc." é o que cacareja o dia inteiro a galinha. A galinha tem muita vida interior. Para falar a verdade a galinha só tem mesmo é vida interior. A nossa visão de sua vida interior é o que nós chamamos de "galinha". A vida interior da galinha consiste em agir como se entendesse. Qualquer ameaça e ela grita em escândalo feito uma doida. Tudo isso para que o ovo não se quebre dentro dela. Ovo que se quebra dentro da galinha é como sangue.

A galinha olha o horizonte. Como se da linha do horizonte é que viesse vindo um ovo. Fora de ser um meio de transporte para o ovo, a galinha é tonta, desocupada e míope. Como poderia a galinha se entender se ela é a contradição de um ovo? O ovo ainda é o mesmo que se originou na Macedônia. A galinha é sempre a tragédia mais moderna. Está sempre inutilmente a par. E continua sendo redesenhada. Ainda não se achou a forma mais adequada para uma galinha. Enquanto meu vizinho atende ao telefone ele redesenha com lápis distraído a galinha. Mas para a galinha não há jeito: está na sua condição não servir a si própria. Sendo, porém, o seu destino mais importante que ela, e sendo o seu destino o ovo, a sua vida pessoal não nos interessa.

Dentro de si a galinha não reconhece o ovo, mas fora de si também não o reconhece. Quando a galinha vê o ovo pensa que está lidando com uma coisa impossível. E com o coração batendo, com o coração batendo tanto, ela não o reconhece.

De repente olho o ovo na cozinha e só vejo nele a comida. Não o reconheço, e meu coração bate. A metamorfose está se fazendo em mim: começo a não poder mais enxergar o ovo. Fora de cada ovo particular, fora de cada ovo que se come, o ovo não existe. Já não consigo mais crer num ovo. Estou cada vez mais sem força de acreditar, estou morrendo, adeus, olhei demais um ovo e ele foi me adormecendo.

A galinha que não queria sacrificar a sua vida. A que optou por querer ser "feliz". A que não percebia que, se passasse a vida desenhando dentro de si como numa iluminura o ovo, ela estaria servindo. A que não sabia perder a si mesma. A que pensou que tinha penas de galinha para se cobrir por possuir pele preciosa, sem entender que as penas eram exclusivamente para suavizar a travessia ao carregar o ovo, porque o sofrimento intenso poderia prejudicar o ovo. A que pensou que o prazer lhe era um dom, sem perceber que era para que ela se distraísse totalmente enquanto o ovo se faria. A que não sabia que "eu" é apenas uma das palavras que se desenha enquanto se atende ao telefone, mera tentativa de buscar forma mais adequada. A que pensou que "eu" significa ter um si-mesmo. As galinhas prejudiciais ao ovo são aquelas que são um "eu" sem trégua. Nelas o "eu" é tão constante que elas já não podem mais pronunciar a palavra "ovo". Mas, quem sabe, era disso mesmo que o ovo precisava. Pois se elas não estivessem tão distraídas, se prestassem atenção à grande vida que se faz dentro delas, atrapalhariam o ovo.

Comecei a falar da galinha e há muito já não estou falando mais da galinha. Mas ainda estou falando do ovo.

E eis que não entendo o ovo. Só entendo ovo quebrado: quebro-o na frigideira. É deste modo indireto que me ofereço à existência do ovo: meu sacrifício é reduzir-me à minha vida pessoal. Fiz do meu prazer e da minha dor o meu destino disfarçado. E ter apenas a própria vida é, para quem já viu o ovo, um sacrifício. Como aqueles que, no convento, varrem o chão e lavam a roupa, servindo sem a glória de função maior, meu trabalho é o de viver os meus prazeres e as minhas dores. É necessário que eu tenha a modéstia de viver.

Pego mais um ovo na cozinha, quebro-lhe casca e forma. E a partir deste instante exato nunca existiu um ovo. É absolutamente indispensável que eu seja uma ocupada e uma distraída. Sou indispensavelmente um dos que renegam. Faço parte da maçonaria dos que viram uma vez o ovo e o renegam como forma de protegê-lo. Somos os que se abstêm de destruir, e nisso se consomem. Nós, agentes disfarçados e distribuídos pelas funções menos reveladoras, nós às vezes nos reconhecemos. A um certo modo de olhar, a um jeito de dar a mão, nós nos reconhecemos e a isto chamamos de amor. E então não é necessário o disfarce: embora não se fale, também não se mente, embora não se diga a verdade, também não é mais necessário dissimular. Amor é quando é concedido participar um pouco mais. Poucos querem o amor, porque amor é a grande desilusão de tudo o mais. E poucos suportam perder todas as outras ilusões. Há os que se voluntariam para o amor, pensando que o amor enriquecerá a vida pessoal. É o contrário: amor é finalmente a pobreza. Amor é não ter. Inclusive amor é a desilusão do que se pensava que era amor. E não é prêmio, por isso não envaidece, amor não é prêmio, é uma condição concedida exclusivamente para aqueles que, sem ele, corromperiam o ovo com a dor pessoal. Isso não faz do amor uma exceção honrosa; ele é exatamente concedido aos maus agentes, àqueles que atrapalhariam tudo se não lhes fosse permitido adivinhar vagamente.

A todos os agentes são dadas muitas vantagens para que o ovo se faça. Não é caso de se ter inveja pois, inclusive algumas das condições, piores do que as dos outros, são apenas as condições ideais para o ovo. Quanto ao prazer dos agentes, eles também o recebem sem orgulho. Austeramente vivem todos os prazeres: inclusive é o nosso sacrifício para que o ovo se faça. Já nos foi imposta, inclusive, uma natureza toda adequada a muito prazer. O que facilita. Pelo menos torna menos penoso o prazer.

Há casos de agentes que se suicidam: acham insuficientes as pouquíssimas instruções recebidas, e se sentem sem apoio. Houve o caso do agente que revelou publicamente ser agente porque lhe foi intolerável não ser compreendido, e ele não suportava mais não ter o respeito alheio: morreu atropelado quando saía de um restaurante. Houve um outro que nem precisou ser eliminado: ele próprio se consumiu lentamente na revolta, sua revolta veio quando ele descobriu que as duas ou três instruções recebidas não incluíam nenhuma explicação. Houve outro, também eliminado, porque achava que "a verdade deve ser corajosamente dita", e começou em primeiro lugar a procurá-la; dele se disse que morreu em nome da verdade, mas o fato é que ele estava apenas dificultando a verdade com sua inocência; sua aparente coragem era tolice, e era ingênuo o seu desejo de lealdade, ele não compreendera que ser leal não é coisa limpa, ser leal é ser desleal para com todo o resto. Esses casos extremos de morte não são por crueldade. É que há um trabalho, digamos cósmico, a ser feito, e os casos individuais infelizmente não podem ser levados em consideração. Para os que sucumbem e se tornam individuais é que existem as instituições, a caridade, a compreensão que não discrimina motivos, a nossa vida humana enfim.

Os ovos estalam na frigideira, e mergulhada no sonho preparo o café da manhã. Sem nenhum senso da realidade, grito pelas crianças que brotam de várias camas, arrastam cadeiras e comem, e o trabalho do dia amanhecido começa, gritado e rido e comido, clara e gema, alegria entre brigas, dia que é o nosso sal e nós somos o sal do dia, viver é extremamente tolerável, viver ocupa e distrai, viver faz rir.

E me faz sorrir no meu mistério. O meu mistério é que eu ser apenas um meio, e não um fim, tem-me dado a mais maliciosa das liberdades: não sou boba e aproveito. Inclusive, faço um mal aos outros que, francamente. O falso emprego que me deram para disfarçar a minha verdadeira função, pois aproveito o falso emprego e dele faço o meu verdadeiro; inclusive o dinheiro que me dão como diária para facilitar minha vida de modo a que o ovo se faça, pois esse dinheiro eu tenho usado para outros fins, desvio de verba, ultimamente comprei ações da Brahma e estou rica. A isso tudo ainda chamo ter a necessária modéstia de viver. E também o tempo que me deram, e que nos dão apenas para que no ócio honrado o ovo se faça, pois tenho usado esse tempo para prazeres ilícitos e dores ilícitas, inteiramente esquecida do ovo. Esta é a minha simplicidade.

Ou é isso mesmo que eles querem que me aconteça, exatamente para que o ovo se cumpra? É liberdade ou estou sendo mandada? Pois venho notando que tudo o que é erro meu tem sido aproveitado. Minha revolta é que para eles eu não sou nada, eu sou apenas preciosa: eles cuidam de mim segundo por segundo, com a mais absoluta falta de amor; sou apenas preciosa. Com o dinheiro que me dão, ando ultimamente bebendo. Abuso de confiança? Mas é que ninguém sabe como se sente por dentro aquele cujo emprego consiste em fingir que está traindo, e que termina acreditando na própria traição. Cujo emprego consiste em diariamente esquecer. Aquele de quem é exigida a aparente desonra. Nem meu espelho reflete mais um rosto que seja meu. Ou sou um agente, ou é a traição mesmo.

Mas durmo o sono dos justos por saber que minha vida fútil não atrapalha a marcha do grande tempo. Pelo contrário: parece que é exigido de mim que eu seja extremamente fútil, é exigido de mim inclusive que eu durma como um justo. Eles me querem ocupada e distraída, e não lhes importa como. Pois, com minha atenção errada e minha tolice grave, eu poderia atrapalhar o que se está fazendo através de mim. É que eu própria, eu propriamente dita, só tenho mesmo servido para atrapalhar. O que me revela que talvez eu seja um agente é a ideia de que meu destino me ultrapassa: pelo menos isso eles tiveram mesmo que me deixar adivinhar, eu era daqueles que fariam mal o trabalho se ao menos não adivinhassem um pouco; fizeram-me esquecer o que me deixaram adivinhar, mas vagamente ficou-me a noção de que meu destino me ultrapassa, e de que sou instrumento do trabalho deles. Mas de qualquer modo era só instrumento que eu poderia ser, pois o trabalho não poderia ser mesmo meu. Já experimentei me estabelecer por conta própria e não deu certo; ficou-me até hoje essa mão trêmula. Tivesse eu insistido um pouco mais e teria perdido para sempre a saúde. Desde então, desde essa malograda experiência, procuro raciocinar deste modo: que já me foi dado muito, que eles já me concederam tudo o que pode ser concedido; e que outros agentes, muito superiores a mim, também trabalharam apenas para o que não sabiam. E com as mesmas pouquíssimas instruções. Já me foi dado muito; isto, por exemplo: uma vez ou outra, com o coração batendo pelo privilégio, eu pelo menos sei que não estou reconhecendo! com o coração batendo de emoção, eu pelo menos não compreendo! com o coração batendo de confiança, eu pelo menos não sei.

Mas e o ovo? Este é um dos subterfúgios deles: enquanto eu falava sobre o ovo, eu tinha esquecido do ovo. "Falai, falai", instruíram-me eles. E o ovo fica inteiramente protegido por tantas palavras. Falai muito, é uma das instruções, estou tão cansada.

Por devoção ao ovo, eu o esqueci. Meu necessário esquecimento. Meu interesseiro esquecimento. Pois o ovo é um esquivo. Diante de minha adoração possessiva ele poderia retrair-se e nunca mais voltar. Mas se ele for esquecido. Se eu fizer o sacrifício de viver apenas a minha vida e de esquecê-lo. Se o ovo for impossível. Então – livre, delicado, sem mensagem alguma para mim – talvez uma vez ainda ele se locomova do espaço até esta janela que desde sempre deixei aberta. E de madrugada baixe no nosso edifício. Sereno até a cozinha. Iluminando-a de minha palidez.

CONTO **A repartição dos pães**

DO LIVRO **A LEGIÃO ESTRANGEIRA**

APRESENTAÇÃO **Cora Rónai**

O QUE "A REPARTIÇÃO DOS PÃES" tem de encantador é o lado trivial da narrativa, que nasce a partir de uma situação corriqueira, íntima dos leitores. Quem é que já não foi a um almoço ou jantar por obrigação, quem é que já não se viu em silêncio numa sala cheia de estranhos, sonhando em sair dali o mais rápido possível?

O tempo da vida é curto, há um mundo lá fora, mas a obrigação nos prende ali.

Gentileza nem sempre gera gentileza. Quem convida não percebe o peso da âncora que prende os convidados, e o quanto lhes custa a boa educação. Já saí exausta de muitos almoços e festas dessas, que de festivos não têm nada, perplexa com a circunstância e me perguntando o que leva alguém a gastar tempo, boa vontade e dinheiro para aborrecer o seu semelhante.

Na história de Clarice, porém, a mesa farta e caprichada promove uma sutil reviravolta, e o sábado, que parecia jogado fora, ganha novos contornos. Não sei se a situação se repetiria hoje, em que meio mundo está de dieta e a outra metade não bebe por ordens médicas, mas a moral é eterna: a boa comida é sempre uma espécie de milagre.

Era sábado e estávamos convidados para o almoço de obrigação. Mas cada um de nós gostava demais de sábado para gastá-lo com quem não queríamos. Cada um fora alguma vez feliz e ficara com a marca do desejo. Eu, eu queria tudo. E nós ali presos, como se nosso trem tivesse descarrilado e fôssemos obrigados a pousar entre estranhos. Ninguém ali me queria, eu não queria a ninguém. Quanto a meu sábado — que fora da janela se balançava em acácias e sombras — eu preferia, a gastá-lo mal, fechá-lo na mão dura, onde eu o amarfanhava como a um lenço. À espera do almoço, bebíamos sem prazer, à saúde do ressentimento: amanhã já seria domingo. Não é com você que eu quero, dizia nosso olhar sem umidade, e soprávamos devagar a fumaça do cigarro seco. A avareza de não repartir o sábado ia pouco a pouco roendo e avançando como ferrugem, até que qualquer alegria seria um insulto à alegria maior.

Só a dona da casa não parecia economizar o sábado para usá-lo numa quinta de noite. Ela, no entanto, cujo coração já conhecera outros sábados. Como pudera esquecer que se quer mais e mais? Não se impacientava sequer com o grupo heterogêneo, sonhador e resignado que na sua casa só esperava como pela hora do primeiro trem partir, qualquer trem — menos ficar naquela estação vazia, menos ter que refrear o cavalo que correria de coração batendo para outros, outros cavalos.

Passamos afinal à sala para um almoço que não tinha a bênção da fome. E foi quando surpreendidos deparamos com a mesa. Não podia ser para nós...

Era uma mesa para homens de boa vontade. Quem seria o conviva realmente esperado e que não viera? Mas éramos nós mesmos. Então aquela mulher dava o melhor não importava a quem? E lavava contente os pés do primeiro estrangeiro. Constrangidos, olhávamos.

A mesa fora coberta por uma solene abundância. Sobre a toalha branca amontoavam-se espigas de trigo. E maçãs vermelhas, enormes cenouras amarelas, redondos tomates de pele quase estalando, chuchus de um verde líquido, abacaxis malignos na sua selvageria, laranjas alaranjadas e calmas, maxixes eriçados como porcos-espinhos, pepinos que se fechavam duros sobre a própria carne aquosa, pimentões ocos e avermelhados que ardiam nos olhos — tudo emaranhado em barbas e barbas úmidas de milho, ruivas como junto de uma boca. E os bagos de uva. As mais roxas das uvas pretas e que mal podiam esperar pelo instante de serem esmagadas. E não lhes importava esmagadas por quem. Os tomates eram redondos para ninguém: para o ar, para o redondo ar. Sábado era de quem viesse. E a laranja adoçaria a língua de quem primeiro chegasse. Junto do prato de cada mal convidado, a mulher que lavava pés de estranhos pusera – mesmo sem nos eleger, mesmo sem nos amar – um ramo de trigo ou um cacho de rabanetes ardentes ou uma talhada vermelha de melancia com seus alegres caroços. Tudo cortado pela acidez espanhola que se adivinhava nos limões verdes. Nas bilhas estava o leite, como se tivesse atravessado com as cabras o deserto dos penhascos. Vinho, quase negro de tão pisado, estremecia em vasilhas de barro. Tudo diante de nós. Tudo limpo do retorcido desejo humano. Tudo como é, não como quiséramos. Só existindo, e todo. Assim como existe um campo. Assim como as montanhas. Assim como homens e mulheres, e não nós, os ávidos. Assim como um sábado. Assim como apenas existe. Existe.

Em nome de nada, era hora de comer. Em nome de ninguém, era bom. Sem nenhum sonho. E nós pouco a pouco a par do dia, pouco a pouco anonimizados, crescendo, maiores, à altura da vida possível. Então, como fidalgos camponeses, aceitamos a mesa.

Não havia holocausto: aquilo tudo queria tanto ser comido quanto nós queríamos comê-lo. Nada guardando para o dia seguinte, ali mesmo ofereci o que eu sentia àquilo que me fazia sentir. Era um viver que eu não pagara de antemão com o sofrimento da espera, fome que nasce quando a boca já está perto da comida. Porque agora estávamos com fome, fome inteira que abrigava o todo e as migalhas. Quem bebia vinho, com os olhos tomava conta do leite. Quem lento bebeu o leite, sentiu o vinho que o outro bebia. Lá fora Deus nas acácias. Que existiam. Comíamos. Como quem dá água ao cavalo. A carne trinchada foi distribuída. A cordialidade era rude e rural. Ninguém falou mal de ninguém porque ninguém falou bem de ninguém. Era reunião de colheita, e fez-se trégua. Comíamos. Como uma horda de seres vivos, cobríamos gradualmente a terra. Ocupados como quem lavra a existência, e planta, e colhe, e mata, e vive, e morre, e come. Comi com a honestidade de quem não engana o que come: comi aquela comida e não o seu nome. Nunca Deus foi tão tomado pelo que Ele é. A comida dizia rude, feliz, austera: come, come e reparte. Aquilo tudo me pertencia, aquela era a mesa de meu pai. Comi sem ternura, comi sem a paixão da piedade. E sem me oferecer à esperança. Comi sem saudade nenhuma. E eu bem valia aquela comida. Porque nem sempre posso ser a guarda de meu irmão, e não posso mais ser a minha guarda, ah não me quero mais. E não quero formar a vida porque a existência já existe. Existe como um chão onde nós todos avançamos. Sem uma palavra de amor. Sem uma palavra. Mas teu prazer entende o meu. Nós somos fortes e nós comemos. Pão é amor entre estranhos.

CONTO **A língua do "P"**

DO LIVRO **A VIA CRUCIS DO CORPO**

APRESENTAÇÃO **Fernanda Takai**

Eu que pensava que conhecia bem Clarice me vi com um exemplar de *A via crucis do corpo* ainda virgem nas mãos. São textos bem desavergonhados e intensamente concisos. Um verdadeiro atestado de excelência criativa.

Neste conto a autora nos pega no contrapé ao costurar, a partir de uma brincadeira infantil, um episódio tragicômico na vida de uma professora de inglês. Nisso ela é mestre: magnificar coisas que acontecem ao nosso redor. Seus personagens são aqueles que ninguém quer ver. Um bocado de gente comum passando pelo extraordinário cotidiano que se esconde pela rotina e pelo enfado.

Se eu tivesse lido o conto sem saber o nome da autora, talvez não acertasse sua procedência. Clarice nos entrega mais um sinal de sua escrita versátil.

Seja nos livros infantis, romances, crônicas, cartas ou contos, ela faz falta. Depois de uma leitura assim, me pego mais apaixonada ainda por personagens como Cidinha, que gostava da perfeição, mas por conta de um súbito despudor, salvou a própria vida.

Sepe vopocêpê nunpuncapa paparoupou prapa lerper seuspeus conpontospos, prepepaparepe-sepe: nãopão vaipai apabanpandoponápá-lospos japamaispais!

Maria Aparecida — Cidinha, como a chamavam em casa — era professora de inglês. Nem rica nem pobre: remediada. Mas vestia-se com apuro. Parecia rica. Até suas malas eram de boa qualidade.

Morava em Minas Gerais e iria de trem para o Rio, onde passaria três dias, e em seguida tomaria o avião para Nova Iorque.

Era muito procurada como professora. Gostava da perfeição e era afetuosa, embora severa. Queria aperfeiçoar-se nos Estados Unidos.

Tomou o trem das sete horas para o Rio. Frio que fazia. Ela com casaco de camurça e três maletas. O vagão estava vazio, só uma velhinha dormindo num canto sob o seu xale.

Na próxima estação subiram dois homens que se sentaram no banco em frente ao banco de Cidinha. O trem em marcha. Um homem era alto, magro, de bigodinho e olhar frio, o outro era baixo, barrigudo e careca. Eles olharam para Cidinha. Esta desviou o olhar, olhou pela janela do trem.

Havia um mal-estar no vagão. Como se fizesse calor demais. A moça inquieta. Os homens em alerta. Meu Deus, pensou a moça, o que é que eles querem de mim? Não tinha resposta. E ainda por cima era virgem. Por que, mas por que pensara na própria virgindade?

Então os dois homens começaram a falar um com o outro. No começo Cidinha não entendeu palavra. Parecia brincadeira. Falavam depressa demais. E a linguagem pareceu-lhe vagamente familiar. Que língua era aquela?

De repente percebeu: eles falavam com perfeição a língua do "p". Assim:

— Vopocêpê reparaparoupou napa mopoçapa boponipitapa?

— Jápá vipi tupudopo. Épé linpindapa. Espestápá nopo papapopo.

Queriam dizer: você reparou na moça bonita? Já vi tudo. É linda. Está no papo.

Cidinha fingiu não entender: entender seria perigoso para ela. A linguagem era aquela que usava, quando criança, para se defender dos adultos. Os dois continuaram:

— Queperopo cupurrapar apa mopoçapa. Epe vopocêpê?

— Tampambémpém. Vapaipi serper nopo tupunelpel.

Queriam dizer que iam currá-la no túnel... O que fazer? Cidinha não sabia e tremia de medo. Ela mal se conhecia. Aliás nunca se conhecera por dentro. Quanto a conhecer os outros, aí então é que piorava. Me socorre, Virgem Maria! me socorre! me socorre!

— Sepe repesispistirpir popodepemospos mapatarpar epelapa.

Se resistisse podiam matá-la. Era assim então.

— Compom umpum pupunhalpal. Epe roupoubarpar epelapa.

Matá-la com um punhal. E podiam roubá-la.

Como lhes dizer que não era rica? que era frágil, qualquer gesto a mataria. Tirou um cigarro da bolsa para fumar e acalmar-se. Não adiantou. Quando seria o próximo túnel? Tinha que pensar depressa, depressa, depressa.

Então pensou: se eu me fingir de prostituta, eles desistem, não gostam de vagabunda.

Então levantou a saia, fez trejeitos sensuais — nem sabia que sabia fazê-los, tão desconhecida ela era de si mesma — abriu os botões do decote, deixou os seios meio à mostra. Os homens de súbito espantados.

— Tápá dopoipidapa.

Está doida, queriam dizer.

E ela a se requebrar que nem sambista de morro. Tirou da bolsa o batom e pintou-se exageradamente. E começou a cantarolar.

Então os homens começaram a rir dela. Achavam graça na doideira de Cidinha. Esta desesperada. E o túnel?

Apareceu o bilheteiro. Viu tudo. Não disse nada. Mas foi ao maquinista e contou. Este disse:

— Vamos dar um jeito, vou entregar ela pra polícia na primeira estação.

E a próxima estação veio.

O maquinista desceu, falou com um soldado por nome de José Lindalvo. José Lindalvo não era de brincadeira. Subiu no vagão, viu Cidinha, agarrou-a com brutalidade pelo braço, segurou como pôde as três maletas, e ambos desceram.

Os dois homens às gargalhadas.

Na pequena estação pintada de azul e rosa estava uma jovem com uma maleta. Olhou para Cidinha com desprezo. Subiu no trem e este partiu.

Cidinha não sabia como se explicar ao polícia. A língua do "p" não tinha explicação. Foi levada ao xadrez e lá fichada. Chamaram-na dos piores nomes. E ficou na cela por três dias. Deixavam-na fumar. Fumava como uma louca, tragando, pisando o cigarro no chão de cimento. Tinha uma barata gorda se arrastando no chão.

Afinal deixaram-na partir. Tomou o próximo trem para o Rio. Tinha lavado a cara, não era mais prostituta. O que a preocupava era o seguinte: quando os dois haviam falado em currá-la, tinha tido vontade de ser currada. Era uma descarada. Epe sopoupu upumapa puputapa. Era o que descobrira. Cabisbaixa.

Chegou ao Rio exausta. Foi para um hotel barato. Viu logo que havia perdido o avião. No aeroporto comprou a passagem.

E andava pelas ruas de Copacabana, desgraçada ela, desgraçada Copacabana.

Pois foi na esquina da rua Figueiredo Magalhães que viu a banca de jornal. E pendurado ali o jornal *O Dia*. Não saberia dizer por que comprou.

Em manchete negra estava escrito: "Moça currada e assassinada no trem".

Tremeu toda. Acontecera, então. E com a moça que a desprezara.

Pôs-se a chorar na rua. Jogou fora o maldito jornal. Não queria saber dos detalhes. Pensou:

— Épé. Opo despestipinopo épé impimplaplacápávelpel.

O destino é implacável.

CONTO	**A quinta história**
DO LIVRO	A LEGIÃO ESTRANGEIRA
APRESENTAÇÃO	**Fernanda Torres**

O QUE ESCREVER DIANTE DE UM CONTO em três partes em que o simples ato de matar uma barata na cozinha de casa ganha a dimensão de uma tragédia grega surrealista? Nada.

Não há o que acrescentar. Tenho até vergonha de escrever. Qualquer comentário me parece obsoleto.

CLARICE ME DEIXA MUDA.

Esta história poderia chamar-se "As Estátuas". Outro nome possível é "O Assassinato". E também "Como Matar Baratas". Farei então pelo menos três histórias, verdadeiras, porque nenhuma delas mente a outra. Embora uma única, seriam mil e uma, se mil e uma noites me dessem.

A primeira, "Como Matar Baratas", começa assim: queixei-me de baratas. Uma senhora ouviu-me a queixa. Deu-me a receita de como matá-las. Que misturasse em partes iguais açúcar, farinha e gesso. A farinha e o açúcar as atrairiam, o gesso esturricaria o de dentro delas. Assim fiz. Morreram.

A outra história é a primeira mesmo e chama-se "O Assassinato". Começa assim: queixei-me de baratas. Uma senhora ouviu-me. Segue-se a receita. E então entra o assassinato. A verdade é que só em abstrato me havia queixado de baratas, que nem minhas eram: pertenciam ao andar térreo e escalavam os canos do edifício até o nosso lar. Só na hora de preparar a mistura é que elas se tornaram minhas também. Em nosso nome, então, comecei a medir e pesar ingredientes numa concentração um pouco mais intensa. Um vago rancor me tomara, um senso de ultraje. De dia as baratas eram invisíveis e ninguém acreditaria no mal secreto que roía casa tão tranquila. Mas se elas, como os males secretos, dormiam de dia, ali estava eu a preparar-lhes o veneno da noite.

Meticulosa, ardente, eu aviava o elixir da longa morte. Um medo excitado e meu próprio mal secreto me guiavam. Agora eu só queria gelidamente uma coisa: matar cada barata que existe. Baratas sobem pelos canos enquanto a gente, cansada, sonha. E eis que a receita estava pronta, tão branca. Como para baratas espertas como eu, espalhei habilmente o pó até que este mais parecia fazer parte da natureza. De minha cama, no silêncio do apartamento, eu as imaginava subindo uma a uma até a área de serviço onde o escuro dormia, só uma toalha alerta no varal. Acordei horas depois em sobressalto de atraso. Já era de madrugada. Atravessei a cozinha. No chão da área lá estavam elas, duras, grandes. Durante a noite eu matara. Em nosso nome, amanhecia. No morro um galo cantou.

A terceira história que ora se inicia é a das "Estátuas". Começa dizendo que eu me queixara de baratas. Depois vem a mesma senhora. Vai indo até o ponto em que, de madrugada, acordo e ainda sonolenta atravesso a cozinha. Mais sonolenta que eu está a área na sua perspectiva de ladrilhos. E na escuridão da aurora, um arroxeado que distancia tudo, distingo a meus pés sombras e brancuras: dezenas de estátuas se espalham rígidas. As baratas que haviam endurecido de dentro para fora. Algumas de barriga para cima. Outras no meio de um gesto que não se completaria jamais. Na boca de umas um pouco da comida branca. Sou a primeira testemunha do alvorecer em Pompeia. Sei como foi esta última noite, sei da orgia no escuro. Em algumas o gesso terá endurecido tão lentamente como num processo vital, e elas, com movimentos cada vez mais penosos, terão sofregamente intensificado as alegrias da noite, tentando fugir de dentro de si mesmas. Até que de pedra se tornam, em espanto de inocência, e com tal, tal olhar de censura magoada. Outras — subitamente assaltadas pelo próprio âmago, sem nem sequer ter tido a intuição de um molde interno que se petrificava! — essas de súbito se cristalizam, assim como a palavra é cortada da boca: eu te... Elas que, usando o nome de amor em vão, na noite de verão cantavam. Enquanto aquela ali, a de antena marrom suja de branco, terá adivinhado tarde demais que se mumificara exatamente por não ter sabido usar as coisas com a graça gratuita do em vão: "é que olhei demais para dentro de mim! é que olhei demais para dentro de..." — de minha fria altura de gente olho a derrocada de um mundo. Amanhece. Uma ou outra antena de barata morta freme seca à brisa. Da história anterior canta o galo.

A quarta narrativa inaugura nova era no lar. Começa como se sabe: queixei-me de baratas. Vai até o momento em que vejo os monumentos de gesso. Mortas, sim. Mas olho para os canos, por onde esta mesma noite renovar-se-á uma população lenta e viva em fila indiana. Eu iria então renovar todas as noites o açúcar letal? como quem já não dorme sem a avidez de um rito. E todas as madrugadas me conduziria sonâmbula até o pavilhão? no vício de ir ao encontro das estátuas que minha noite suada erguia. Estremeci de mau prazer à visão daquela vida dupla de feiticeira. E estremeci também ao aviso do gesso que seca: o vício de viver que rebentaria meu molde interno. Áspero instante de escolha entre dois caminhos que, pensava eu, se dizem adeus, e certa de que qualquer escolha seria a do sacrifício: eu ou minha alma. Escolhi. E hoje ostento secretamente no coração uma placa de virtude: "Esta casa foi dedetizada."

A quinta história chama-se "Leibniz e a Transcendência do Amor na Polinésia". Começa assim: queixei-me de baratas.

CONTO **O relatório da coisa**

DO LIVRO ONDE ESTIVESTES DE NOITE

APRESENTAÇÃO **José Castello**

Clarice Lispector dizia ter a capacidade de "enxergar a coisa pela coisa". De abster-se das palavras. Usou palavras brutas e enigmáticas: "isso", "it", "a coisa". Era seu esforço para chegar onde as palavras não alcançam. Coisas que escapam à armadura dos nomes.

"O relatório da coisa" é um corajoso esforço para acessar esse mundo em que as palavras se tornam não só desnecessárias, mas absurdas. Ao coração selvagem em que nos debatemos. Mesmo com as melhores palavras, algo sempre escapa. Esse algo é a "coisa".

Clarice exclui o relatório de sua literatura. "Esse relatório é a antiliteratura da coisa", diz. Dispensa o conforto que as palavras nos oferecem. Seu relato – mas não é relato, é relatório – avança e avança, e não chega a coisa alguma. É justamente porque fracassa que ele delimita a coisa.

Clarice materializa a coisa em um relógio; não qualquer relógio, mas um relógio determinado, da marca "Sveglia". Em italiano, "sveglia" quer dizer "acorda". Palavras sempre remetem a novas perguntas: "Acorda para o quê, meu Deus?", ele se pergunta.

Não importa saber se "O relatório da coisa" é um conto. Sem dúvida, é literatura. Seu relato "é" – e, nesse verbo que dispensa um objeto, reside sua potência. A literatura não se reduz a belas palavras. Ou é, ou não é. Se não é, fechamos o livro.

(FIM)

Esta coisa é a mais difícil de uma pessoa entender. Insista. Não desanime. Parecerá óbvio. Mas é extremamente difícil de se saber dela. Pois envolve o tempo.

Nós dividimos o tempo quando ele na realidade não é divisível. Ele é sempre e imutável. Mas nós precisamos dividi-lo. E para isso criou-se uma coisa monstruosa: o relógio.

Não vou falar sobre relógios. Mas sobre um determinado relógio. O meu jogo é aberto: digo logo o que tenho a dizer e sem literatura. Este relatório é a antiliteratura da coisa.

O relógio de que falo é eletrônico e tem despertador. A marca é Sveglia, o que quer dizer "acorda". Acorda para o quê, meu Deus? Para o tempo. Para a hora. Para o instante. Esse relógio não é meu. Mas apossei-me de sua infernal alma tranquila.

Não é de pulso: é solto portanto. Tem dois centímetros e fica de pé na superfície da mesa. Eu queria que ele se chamasse Sveglia mesmo. Mas a dona do relógio quer que se chame Horácio. Pouco importa. Pois o principal é que ele é o tempo.

Seu mecanismo é muito simples. Não tem a complexidade de uma pessoa mas é mais gente do que gente. É super-homem? Não, vem diretamente do planeta Marte, ao que parece. Se é de lá que ele vem então um dia para lá voltará. É tolo dizer que ele não precisa de corda, isso já acontece com outros relógios, como o meu que é de pulso, é antichoque, pode-se molhar à vontade. Esses até que são mais que gente. Mas pelo menos são da Terra. O Sveglia é de Deus. Foram usados cérebros humanos divinos para captar o que devia ser este relógio. Estou escrevendo sobre ele mas ainda não o vi. Vai ser o Encontro. Sveglia: acorda, mulher, acorda para ver o que tem que ser visto. É importante estar acordada para ver. Mas é também importante dormir para sonhar com a falta de tempo. Sveglia é o Objeto, é a Coisa, com letra maiúscula. Será que o Sveglia me vê? Vê, sim, como se eu fosse um outro objeto. Ele reconhece que às vezes a gente também vem de Marte.

Estão me acontecendo coisas, depois que soube do Sveglia, que mais parecem um sonho. Acorda-me, Sveglia, quero ver a realidade. Mas é que a realidade parece um sonho. Estou melancólica porque estou feliz. Não é paradoxo. Depois do ato do amor não dá uma certa melancolia? A da plenitude. Estou com vontade de chorar. Sveglia não chora. Aliás ele não tem circunstâncias. Será que a energia dele tem peso? Dorme, Sveglia, dorme um pouco, eu não suporto a tua vigília. Você não para de ser. Você não sonha. Não se pode dizer que você "funciona": você não é funcionamento, você apenas é.

Você é todo magro. E nada lhe acontece. Mas é você que faz acontecerem as coisas. Me aconteça, Sveglia, me aconteça. Estou precisando de um determinado acontecimento sobre o qual não posso falar. E dá-me de volta o desejo, que é a mola da vida animal. Eu não te quero para mim. Não gosto de ser vigiada. E você é o olho único aberto sempre como olho solto no espaço. Você não me quer mal mas também não me quer bem. Será que também eu estou ficando assim, sem sentimento de amor? Sou uma coisa? Sei que estou com pouca capacidade de amar. Minha capacidade de amar foi pisada demais, meu Deus. Só me resta um fio de desejo. Eu *preciso* que este se fortifique. Porque não é como você pensa, que só a morte importa. Viver, coisa que você não conhece porque é apodrecível – viver apodrecendo importa muito. Um viver seco: um viver o essencial.

Se ele se quebrar, pensam que morreu? Não, foi simplesmente embora de si mesmo. Mas você tem fraquezas, Sveglia. Eu soube pela tua dona que você precisa de uma capa de couro para protegê-lo contra a umidade. Soube também, em segredo, que você uma vez parou. A dona não se afobou. Deu "a ele-nele" umas mexidinhas muito das simples e você nunca mais parou. Eu te entendo, eu te perdoo: você veio da Europa e precisa um mínimo de tempo para se aclimatar, não é? Quer dizer que você também morre, Sveglia? Você é o tempo que para?

Já ouvi o Sveglia, por telefone, dar o alarma. É como dentro da gente: a gente acorda-se de dentro para fora. Parece que seu eletrônico-Deus se comunica com o nosso cérebro eletrônico-Deus: o som é macio, sem a menor estridência. Sveglia marcha como um cavalo branco solto e sem sela.

Eu soube de um homem que possuía um Sveglia e a quem aconteceu Sveglia. Ele estava andando com o filho de dez anos, de noite, e o filho disse: cuidado, pai, tem macumba aí. O pai recuou – mas não é que pisou em cheio na vela acesa, apagando-a?

Não parece ter acontecido nada, o que também é muito de Sveglia. O homem foi dormir. Quando acordou viu que um de seus pés estava inchado e negro. Chamou amigos médicos que não viram nenhuma marca de ferimento: o pé estava intacto — só preto e muito inchado, daquele inchado que deixa a pele toda esticada. Os médicos chamaram mais colegas. E decidiram nove médicos que era gangrena. Tinham que amputar o pé. Marcou-se para o dia seguinte e com hora certa. O homem dormiu.

E teve um sonho terrível. Um cavalo branco queria agredi-lo e ele fugia como um louco. Passava-se tudo isso no Campo de Santana. O cavalo branco era lindo e enfeitado com prata. Mas não houve jeito. O cavalo pegou-o bem no pé, pisando-o. Aí o homem acordou gritando. Pensaram que estava nervoso, explicaram que isso acontecia perto de uma operação, deram-lhe um sedativo, ele dormiu de novo. Quando acordou, olhou logo para o pé. Surpreso: o pé estava branco e de tamanho normal. Vieram os nove médicos e não souberam explicar. Eles não conheciam o enigma do Sveglia contra o qual só um cavalo branco pode lutar. Não havia mais motivo de operação. Só que não pôde se apoiar nesse pé: fraquejava. Era a marca do cavalo de arreios de prata, da vela apagada, do Sveglia. Mas Sveglia quis ser vitorioso e aconteceu uma coisa. A mulher desse homem, em perfeito estado de saúde, na mesa do jantar, começou a sentir fortes dores nos intestinos. Interrompeu o jantar e foi se deitar. O marido preocupadíssimo foi vê-la. Estava branca, exangue. Tomou-lhe o pulso: não havia. O único sinal de vida é que sua testa se perlava de suor. Chamou-se o médico que disse talvez ser caso de catalepsia. O marido não se conformou. Descobriu-lhe a barriga e fez sobre ela movimentos simples — como ele mesmo os fizera quando Sveglia parara — movimentos que ele não sabia explicar.

A mulher abriu os olhos. Estava em saúde perfeita. E está viva, que Deus a guarde.

Isso tem a ver com Sveglia. Não sei como. Mas que tem, tem. E o cavalo branco do Campo de Santana, que é praça de passarinhos, pombos e quatis? Todo paramentado, com enfeites de prata, de crina altiva e eriçada. Correndo ritmadamente contra o ritmo de Sveglia. Correndo sem pressa.

Estou em perfeita saúde física e mental. Mas uma noite eu estava dormindo profundamente e me ouviram dizer bem alto: eu quero ter um filho com Sveglia!

Eu creio no Sveglia. Ele não crê em mim. Acha que minto muito. E minto mesmo. Na Terra se mente muito.

Eu passei cinco anos sem me gripar: isso é Sveglia. E quando me gripei durou três dias. Depois ficou uma tosse seca. Mas o médico me receitou antibiótico e curei-me. Antibiótico é Sveglia.

Este é um relatório. Sveglia não admite conto ou romance o que quer que seja. Permite apenas transmissão. Mal admite que eu chame isto de relatório. Chamo de relatório do mistério. E faço o possível para fazer um relatório seco como champanha ultrasseco. Mas às vezes — me desculpem — fica molhado. Uma coisa seca é de prata de lei. Ouro já é molhado. Poderia eu falar em diamante em relação a Sveglia?

Não, ele apenas é. E na verdade Sveglia não tem nome íntimo: conserva o anonimato. Aliás Deus não tem nome: conserva o anonimato perfeito: não há língua que pronuncie o seu nome verdadeiro.

Sveglia é burro: ele age clandestinamente sem meditar. Vou agora dizer uma coisa muito grave que vai parecer heresia: Deus é burro. Porque ele não entende, ele não pensa, ele é apenas. É verdade que é de uma burrice que executa-se a si mesma. Mas Ele comete muitos erros. E sabe que os comete. Basta olharmos para nós mesmos que somos um erro grave. Basta ver o modo como nos organizamos em sociedade e intrinsecamente, de si para si. Mas um erro Ele não comete: Ele não morre.

Sveglia também não morre. Ainda não vi o Sveglia, como já disse. Talvez seja molhado vê-lo. Sei tudo a respeito dele. Mas a dona dele não quer que eu o veja. Tem ciúme. Ciúme chega a pingar de tão molhado. Aliás, nossa Terra corre o risco de vir a ser molhada de sentimentos. O galo é Sveglia. O ovo é puro Sveglia. Mas só o ovo inteiro, completo, branco, de casca seca, todo oval. Por dentro dele é vida; vida molhada. Mas comer gema crua é Sveglia.

Querem ver quem é Sveglia? Jogo de futebol. Mas já Pelé não é. Por quê? Impossível explicar. Talvez ele não tenha respeitado o anonimato.

Briga é Sveglia. Acabo de ter uma com a dona do relógio. Eu disse: já que você não quer me deixar ver Sveglia, descreva-me os seus discos. Então ela ficou furiosa — e isso é Sveglia — e disse que estava cheia de problemas — ter problemas não é Sveglia. Então tentei acalmá-la e ficou tudo bem. Amanhã não lhe telefonarei. Deixarei ela descansar.

Parece-me que escreverei sobre o eletrônico sem jamais vê-lo. Parece que vai ter que ser assim. É fatal.

Estou com sono. Será que é permitido? Sei que sonhar não é Sveglia. O número é permitido. Embora o seis não seja. Raríssimos poemas são permitidos. Romance, então, nem se fala. Tive uma empregada por sete dias, chamada Severina, e que tinha passado fome em criança. Perguntei-lhe se estava triste. Disse que não era alegre nem triste: era assim mesmo. Ela era Sveglia. Mas eu não era e não pude suportar a ausência de sentimento.

Suécia é Sveglia.

Mas agora vou dormir embora não deva sonhar.

Água, apesar de ser molhada por excelência, é. Escrever é. Mas estilo não é. Ter seios é. O órgão masculino é demais. Bondade não é. Mas a não bondade, o dar-se, é. Bondade não é o oposto da maldade.

Estarei escrevendo molhado? Acho que sim. Meu sobrenome é. Já o primeiro é doce demais, é para o amor. Não ter nenhum segredo — e no entanto manter o enigma — é Sveglia. Na pontuação as reticências não são. Se alguém entender este meu irrevelado relatório e preciso, esse alguém é. Parece que eu não sou eu, de tanto eu que sou. O Sol é, a Lua não. Minha cara é. Provavelmente a sua também é. Uísque é. E, por incrível que pareça, Coca-cola é, enquanto Pepsicola nunca foi. Estou fazendo propaganda de graça? Isto está errado, ouviu, Coca-cola?

Ser fiel é. O ato do amor contém em si um desespero que é.

Agora vou contar uma história. Mas antes quero dizer que quem me contou essa história foi uma pessoa que, apesar de bondosíssima, é Sveglia.

Agora estou quase morrendo de cansaço. Sveglia — se a gente não toma cuidado — mata.

A história é a seguinte:

Passa-se numa localidade chamada Coelho Neto, na Guanabara. A mulher da história era muito infeliz porque tinha uma ferida na perna e a ferida não se fechava. Ela trabalhava muito e o marido era carteiro. Ser carteiro é Sveglia. Tinham muitos filhos. Quase nada o que comer. Mas esse carteiro que se imbuiu da responsabilidade de tornar sua mulher feliz. Ser feliz é Sveglia. E o carteiro resolveu a situação. Mostrou-lhe uma vizinha que era estéril e sofria muito com isso. Não havia jeito de pegar filho. Mostrou à sua mulher como esta era feliz em ter filhos. E ela ficou feliz, mesmo com a pouca comida. Mostrou-lhe também o carteiro que outra vizinha tinha filhos mas o marido bebia muito e batia nela e nos filhos. Enquanto que ele não bebia e nunca espancara a mulher ou as crianças. O que a tornou feliz.

Todas as noites eles tinham pena da vizinha estéril e da que apanhava do marido. Todas as noites eles eram muito felizes. E ser feliz é Sveglia. Todas as noites.

Eu queria chegar à página 9 na máquina de escrever. O número nove é quase inatingível. O número 13 é Deus. Máquina de escrever é. O perigo dela passar a não ser mais Sveglia é quando se mistura um pouco com os sentimentos que a pessoa que está escrevendo tem.

Eu enjoei do cigarro Consul que é mentolado e doce. Já o cigarro Carlton é seco, é duro, é áspero, e sem conivência com o fumante. Como cada coisa é ou não é, não me incomodo de fazer propaganda de graça do Carlton. Mas, quanto à Coca-cola, não perdoo.

Eu quero mandar este relatório para a revista *Senhor* e quero que eles me paguem muito bem.

Como você é, julgue se minha cozinheira, que cozinha bem e canta o dia inteiro, é.

Acho que vou encerrar este relatório essencial para explicar os fenômenos enérgicos da matéria. Mas não sei o que fazer. Ah, vou me vestir.

Até nunca mais, Sveglia. O céu muito azul é. As ondas brancas de espuma do mar são mais que o mar. (Já me despedi do Sveglia, mas só continuarei a falar nele por vício, tenham paciência.) O cheiro do mar mistura masculino e feminino e nasce no ar um filho que é.

A dona do relógio me disse hoje que ele é que é dono dela. Ela me disse que ele tem uns furinhos pretos por onde sai o som macio como uma ausência de palavras, som de cetim. Tem um disco interior que é dourado. O disco exterior é prateado, quase sem cor — como uma aeronave no espaço, metal voando. Espera é ou não é? Não sei responder porque sofro de urgência e fico incapacitada de julgar esse item sem me envolver emocionalmente. Não gosto de esperar.

Um quarteto de música é muitíssimo mais do que sinfonia. Flauta é. Cravo tem um elemento de terror nele: os sons saem esfarfalhados e quebradiços. Coisa de alma de outro mundo.

Sveglia, quando afinal é que você me deixa em paz? Não vai me perseguir por toda a minha vida transformando-a na claridade da insônia perene? Já te odeio. Já queria poder escrever uma história: um conto ou romance ou uma transmissão. Qual vai ser o meu futuro passo na literatura? Desconfio que não escreverei mais. Mas é verdade que outras vezes desconfiei e no entanto escrevi. O que, porém, hei de escrever, meu Deus? Contaminei-me com a matemática do Sveglia e só saberei fazer relatórios?

E agora vou terminar este relatório do mistério. Acontece que estou muito cansada. Vou tomar um banho antes de sair e perfumar-me com um perfume que é segredo meu. Só digo uma coisa dele: é agreste e um pouco áspero, com doçura escondida. Ele é.

Adeus, Sveglia. Adeus para nunca sempre. Parte de mim você já matou. Eu morri e estou apodrecendo. Morrer é.

E agora – agora adeus.

CONTO	**A bela e a fera ou A ferida grande demais**
DO LIVRO	A BELA E A FERA
APRESENTAÇÃO	**Letícia Spiller**

"Nem sempre meus olhos contemplam aquilo que desejam ver, o que lhes apraz o coração, a contemplação traz a dor nua e crua, sem fuga para o êxtase. Êxito? Será esse o perdão?

Ver-se a si mesmo naquilo que pensamos que não somos?"

Bela-fera, fera-bela; a miséria pode provocar nobres sentimentos, fazer o belo se sentir feio.

Um encontro decisivo; a bela moça rica e acomodada, provocada pela imagem do mendigo desdentado, questiona a própria existência e é acometida por forte compaixão – a palavra já diz: com paixão – para uma outra realidade possível: "... Não. O mundo não sussurrava. O mundo gri-ta-va!!!! Pela boca desdentada desse homem...", ou ainda: "Como é que eu nunca descobri que sou também uma mendiga? Nunca pedi esmola mas mendigo o amor de meu marido que tem duas amantes, mendigo pelo amor de Deus que me achem bonita, alegre e aceitável, e minha roupa de alma está maltrapilha..."

Ela que sempre tivera as coisas facilmente à mão, apesar de não ter seguido seu chamado na vida, que era cantar, ou qualquer coisa que o valha, tinha a sorte de nascer rica e não passar dificuldades como a fome... mas sua riqueza não a dignificava e ela sentia fome de viver.

Ela e o mendigo estavam zerados; aos dois faltavam oportunidade, perspectiva e fé.

Afinal, como diz o final do poema:

Não teremos nunca escolha diante do crucial, da crueza da vida
Somos o que somos
Adormecidos ou acordados
plenos ou aturdidos
Dispersos ou abraçados

Começa:

Bem, então saiu do salão de beleza pelo elevador do Copacabana Palace Hotel. O chofer não estava lá. Olhou o relógio: eram quatro horas da tarde. E de repente lembrou-se: tinha dito a "seu" José para vir buscá-la às cinco, não calculando que não faria as unhas dos pés e das mãos, só massagem. Que devia fazer? Tomar um táxi? Mas tinha consigo uma nota de quinhentos cruzeiros e o homem do táxi não teria troco. Trouxera dinheiro porque o marido lhe dissera que nunca se deve andar sem nenhum dinheiro. Ocorreu-lhe voltar ao salão de beleza e pedir dinheiro. Mas — mas era uma tarde de maio e o ar fresco era uma flor aberta com o seu perfume. Assim achou que era maravilhoso e inusitado ficar de pé na rua — ao vento que mexia com os seus cabelos. Não se lembrava quando fora a última vez que estava sozinha consigo mesma. Talvez nunca. Sempre era ela — com outros, e nesses outros ela se refletia e os outros refletiam-se nela. Nada era — era puro, pensou sem se entender. Quando se viu no espelho – a pele trigueira pelos banhos de sol faziam ressaltar as flores douradas perto do rosto nos cabelos negros –, conteve-se para não exclamar um "ah"! – pois ela era cinquenta milhões de unidades de gente linda. Nunca houve – em todo o passado do mundo – alguém que fosse como ela. E depois, em três trilhões de trilhões de ano – não haveria uma moça exatamente como ela.

"Eu sou uma chama acesa! E rebrilho e rebrilho toda essa escuridão!"

Este momento era único – e ela teria durante a vida milhares de momentos únicos. Até suou frio na testa, por tanto lhe ser dado e por ela avidamente tomado.

"A beleza pode levar à espécie de loucura que é a paixão." Pensou: "estou casada, tenho três filhos, estou segura."

Ela tinha um nome a preservar: era Carla de Sousa e Santos. Eram importantes o "de" e o "e": marcavam classe e quatrocentos anos de carioca. Vivia nas manadas de mulheres e homens que, sim, que simplesmente "podiam". Podiam o quê? Ora, simplesmente podiam. E ainda por cima, viscosos pois que o "podia" deles era bem oleado nas máquinas que corriam sem barulho de metal ferrugento. Ela, que era uma potência. Uma geração de energia elétrica. Ela, que para descansar usava os vinhedos do seu sítio. Possuía tradições podres mas de pé. E como não havia nenhum novo critério para sustentar as vagas e grandes esperanças, a pesada tradição ainda vigorava. Tradição de quê? De nada, se se quisesse apurar. Tinha a seu favor apenas o fato de que os habitantes tinham uma longa linhagem atrás de si, o que, apesar de linhagem plebeia, bastava para lhes dar uma certa pose de dignidade.

Pensou assim, toda enovelada: "Ela que, sendo mulher, o que lhe parecia engraçado ser ou não ser, sabia que, se fosse homem, naturalmente seria banqueiro, coisa normal que acontece entre os 'dela', isto é, de sua classe social, à qual o marido, porém, alcançara por muito trabalho e que o classificava de 'self-made man' enquanto ela não era uma 'self-made woman'." No fim do longo pensamento, pareceu-lhe que – que não pensara em nada.

Um homem sem uma perna, agarrando-se numa muleta, parou diante dela e disse:

— Moça, me dá um dinheiro para eu comer?

"Socorro!!!" gritou-se para si mesma ao ver a enorme ferida na perna do homem. "Socorre-me, Deus" disse baixinho.

Estava exposta àquele homem. Estava completamente exposta. Se tivesse marcado com "seu" José na saída da Avenida Atlântica, o hotel onde ficava o cabeleireiro não permitiria que "essa gente" se aproximasse. Mas na Avenida Copacabana tudo era possível: pessoas de toda a espécie. Pelo menos de espécie diferente da dela. "Da dela?" "Que espécie de ela era para ser 'da dela'?"

Ela – os outros. Mas, mas a morte não nos separa, pensou de repente e seu rosto tomou o ar de uma máscara de beleza e não beleza de gente: sua cara por um momento se endureceu.

Pensamento do mendigo: "essa dona de cara pintada com estrelinhas douradas na testa, ou não me dá ou me dá muito pouco." Ocorreu-lhe então, um pouco cansado: "ou dará quase nada."

Ela estava espantada: como praticamente não andava na rua – era de carro de porta a porta – chegou a pensar: ele vai me matar? Estava atarantada e perguntou:

— Quanto é que se costuma dar?

— O que a pessoa pode dar e quer dar — respondeu o mendigo espantadíssimo.

Ela, que não pagava ao salão de beleza, o gerente deste mandava cada mês sua conta para a secretária de seu marido. "Marido." Ela pensou: o marido o que faria com o mendigo? Sabia que: nada. Eles não fazem nada. E ela — ela era "eles" também. Tudo o que pode dar? Podia dar o banco do marido, poderia lhe dar seu apartamento, sua casa de campo, suas joias...

Mas alguma coisa que era uma avareza de todo o mundo, perguntou:

— Quinhentos cruzeiros basta? É só o que eu tenho.

O mendigo olhou-a espantado.

— Está rindo de mim, moça?

— Eu?? Não estou não, eu tenho mesmo os quinhentos na bolsa...

Abriu-a, tirou a nota e estendeu-a humildemente ao homem, quase lhe pedindo desculpas.

O homem perplexo.

E depois rindo, mostrando as gengivas quase vazias:

— Olhe — disse ele —, ou a senhora é muito boa ou não está bem da cabeça... Mas, aceito, não vá dizer depois que a roubei, ninguém vai me acreditar. Era melhor me dar trocado.

— Eu não tenho trocado, só tenho essa nota de quinhentos.

O homem pareceu assustar-se, disse qualquer coisa quase incompreensível por causa da má dicção de poucos dentes.

Enquanto isso a cabeça dele pensava: comida, comida, comida boa, dinheiro, dinheiro.

A cabeça dela era cheia de festas, festas, festas. Festejando o quê? Festejando a ferida alheia? Uma coisa os unia: ambos tinham uma vocação por dinheiro. O mendigo gastava tudo o que tinha, enquanto o marido de Carla, banqueiro, colecionava dinheiro. O ganha-pão era a Bolsa de Valores, e inflação, e lucro. O ganha-pão do mendigo era a redonda ferida aberta. E ainda por cima, devia ter medo de ficar curado, adivinhou ela, porque, se ficasse bom, não teria o que comer, isso Carla sabia: "quem não tem bom emprego depois de certa idade..." Se fosse moço, poderia ser pintor de paredes. Como não era, investia na ferida grande em carne viva e purulenta. Não, a vida não era bonita.

Ela se encostou na parede e resolveu deliberadamente pensar. Era diferente porque não tinha o hábito e ela não sabia que pensamento era visão e compreensão e que ninguém podia se intimar assim: pense! Bem. Mas acontece que resolver era um obstáculo. Pôs-se então a olhar para dentro de si e realmente começaram a acontecer. Só que tinha os pensamentos mais tolos. Assim: esse mendigo sabe inglês? Esse mendigo já comeu caviar, bebendo champanhe? Eram pensamentos tolos porque claramente sabia que o mendigo não sabia inglês, nem experimentara caviar e champanhe. Mas não pôde se impedir de ver nascer em si mais um pensamento absurdo: ele já fez esportes de inverno na Suíça?

Desesperou-se então. Desesperou-se tanto que lhe veio o pensamento feito de duas palavras apenas: "Justiça Social."

Que morram todos os ricos! Seria a solução, pensou alegre. Mas — quem daria dinheiro aos pobres?

De repente — de repente tudo parou. Os ônibus pararam, os carros pararam, os relógios pararam, as pessoas na rua imobilizaram-se — só seu coração batia, e para quê?

Viu que não sabia gerir o mundo. Era uma incapaz, com os cabelos negros e unhas compridas e vermelhas. Ela era isso: como numa fotografia colorida fora de foco. Fazia todos os dias a lista do que precisava ou queria fazer no dia seguinte — era desse modo que se ligara ao tempo vazio. Simplesmente ela não tinha o que fazer. Faziam tudo por ela. Até mesmo os dois filhos — pois bem, fora o marido que determinara que teriam dois...

"Tem-se que fazer força para vencer na vida", dissera-lhe o avô morto. Seria ela, por acaso, "vencedora"? Se vencer fosse estar em plena tarde clara na rua, a cara lambuzada de maquilagem e lantejoulas douradas... Isso era vencer? Que paciência tinha que ter consigo mesma. Que paciência tinha que ter para salvar a sua própria pequena vida. Salvar de quê? Do julgamento? Mas quem julgava? Sentiu a boca inteiramente seca e a garganta em fogo — exatamente como quando tinha que se submeter a exames escolares. E não havia água! Sabe o que é isso — não haver água?

Quis pensar em outra coisa e esquecer o difícil momento presente. Então lembrou-se de frases de um livro póstumo de Eça de Queirós que havia estudado no ginásio: "O LAGO DE TIBERÍADE resplandeceu transparente, coberto de silêncio, mais azul que o céu, todo orlado de prados floridos, de densos vergéis, de rochas de pórfiro, e de alvos terrenos por entre os palmares, sob o voo das rolas."

Sabia de cor porque, quando adolescente, era muito sensível a palavras e porque desejava para si mesma o destino de resplendor do lago de TIBERÍADE.

Teve uma vontade inesperadamente assassina: a de matar todos os mendigos do mundo! Somente para que ela, depois da matança, pudesse usufruir em paz seu extraordinário bem-estar.

Não. O mundo não sussurrava.

O mundo gri-ta-va!!! pela boca desdentada desse homem.

A jovem senhora do banqueiro pensou que não ia suportar a falta de maciez que se lhe jogavam no rosto tão bem maquilado.

E a festa? Como diria na festa, quando dançasse, como diria ao parceiro que a teria entre seus braços... O seguinte: Olhe, o mendigo também tem sexo, disse que tinha onze filhos. Ele não vai a reuniões sociais, ele não sai nas colunas do Ibrahim, ou do Zózimo, ele tem fome de pão e não de bolos, ele na verdade só deveria comer mingau pois não tem dentes para mastigar carne... "Carne?" Lembrou-se vagamente que a cozinheira dissera que o "filet mignon" subira de preço. Sim. Como poderia ela dançar? Só se fosse uma dança doida e macabra de mendigos.

Não, ela não era mulher de ter chiliques e fricotes e ir desmaiar ou se sentir mal. Como algumas de suas "coleguinhas" de sociedade. Sorriu um pouco ao pensar em termos de "coleguinhas". Colegas em quê? Em se vestir bem? Em dar jantares para trinta, quarenta pessoas?

Ela mesma aproveitando o jardim no verão que se extinguia dera uma recepção para quantos convidados? Não, não queria pensar nisso, lembrou-se (por que sem o mesmo prazer?) das mesas espalhadas sobre a relva, luz de vela... "luz de vela"?, pensou, mas estou doida? Eu caí num esquema? Num esquema de gente rica?

"Antes de casar era de classe média, secretária do banqueiro com quem se casara e agora — agora luz de velas. Eu estou é brincando de viver, pensou, a vida não é isso."

"A beleza pode ser de uma grande ameaça." A extrema graça se confundiu com uma perplexidade e uma funda melancolia. "A beleza assusta." "Se eu não fosse tão bonita teria tido outro destino", pensou ajeitando as flores douradas sobre os negríssimos cabelos.

Ela uma vez vira uma amiga inteiramente de coração torcido e doído e doido de forte paixão. Então não quisera nunca a experimentar. Sempre tivera medo das coisas belas demais ou horríveis demais: é que não sabia em si como responder-lhes e se responderia se fosse igualmente bela ou igualmente horrível.

Estava assustada como quando vira o sorriso de Mona Lisa, ali, à sua mão no Louvre. Como se assustara com o homem da ferida ou com a ferida do homem.

Teve vontade de gritar para o mundo: "Eu não sou ruim! Sou um produto nem sei de quê, como saber dessa miséria de alma."

Para mudar de sentimento – pois que ela não os aguentava e já tinha vontade de, por desespero, dar um pontapé violento na ferida do mendigo –, para mudar de sentimentos pensou: este é o meu segundo casamento, isto é, o marido anterior estava vivo.

Agora entendia por que se casara da primeira vez e estava em leilão: Quem dá mais? Quem dá mais? Então está vendida. Sim, casara-se pela primeira vez com o homem que "dava mais", ela o aceitara porque ele era rico e era um pouco acima dela em nível social. Vendera-se. E o segundo marido? Seu casamento estava findando, ele com duas amantes... e ela tudo suportando porque um rompimento seria escandaloso: seu nome era por demais citado nas colunas sociais. E voltaria ela a seu nome de solteira? Até habituar-se ao seu nome de solteira, ia demorar muito. Aliás, pensou rindo de si mesma, aliás, ela aceitava este segundo porque ele lhe dava grande prestígio. Vendera-se às colunas sociais? Sim. Descobria isso agora. Se houvesse para ela um terceiro casamento — pois era bonita e rica —, se houvesse, com quem se casaria? Começou a rir um pouco histericamente porque pensara: o terceiro marido era o mendigo.

De repente perguntou ao mendigo:

— O senhor fala inglês?

O homem nem sequer sabia o que ela lhe perguntara. Mas, obrigado a responder pois a mulher já comprara-o com tanto dinheiro, saiu pela evasiva:

— Falo sim. Pois não estou falando agora mesmo com a senhora? Por quê? A senhora é surda? Então vou gritar: FALO.

Espantada pelos enormes gritos do homem, começou a suar frio. Tomava plena consciência de que até agora fingira que não havia os que passam fome, não falam nenhuma língua e que havia multidões anônimas mendigando para sobreviver. Ela soubera sim, mas desviara a cabeça e tampara os olhos. Todos, mas todos — sabem e fingem que não sabem. E mesmo que não fingissem iam ter um mal-estar. Como não teriam? Não, nem isso teriam.

Ela era...

Afinal de contas quem era ela?

Sem comentários, sobretudo porque a pergunta durou um átimo de segundo: pergunta e resposta não tinham sido pensamentos de cabeça, eram de corpo.

Eu sou o Diabo, pensou lembrando-se do que aprendera na infância. E o mendigo é Jesus. Mas — o que ele quer não é dinheiro, é amor, esse homem se perdeu da humanidade como eu também me perdi.

Quis forçar-se a entender o mundo e só conseguiu lembrar-se de fragmentos de frases ditas pelos amigos do marido: "essas usinas não serão suficientes." Que usinas, santo Deus? as do Ministro Galhardo? teria ele usinas? "A energia elétrica... hidrelétrica"?

E a magia essencial de viver – onde estava agora? Em que canto do mundo? no homem sentado na esquina?

A mola do mundo é dinheiro? fez-se ela a pergunta. Mas quis fingir que não era. Sentiu-se tão, tão rica que teve um mal-estar.

Pensamento do mendigo: "Essa mulher é doida ou roubou o dinheiro porque milionária ela não pode ser", milionária era para ele apenas uma palavra e mesmo se nessa mulher ele quisesse encarnar uma milionária não poderia porque: onde já se viu milionária ficar parada de pé na rua, gente? Então pensou: ela é daquelas vagabundas que cobram caro de cada freguês e com certeza está cumprindo alguma promessa?

Depois.

Depois.

Silêncio.

Mas de repente aquele pensamento gritado:

– Como é que eu nunca descobri que sou também uma mendiga? Nunca pedi esmola mas mendigo o amor de meu marido que tem duas amantes, mendigo pelo amor de Deus que me achem bonita, alegre e aceitável, e minha roupa de alma está maltrapilha...

"Há coisas que nos igualam", pensou procurando desesperadamente outro ponto de igualdade. Veio de repente a resposta: eram iguais porque haviam nascido e ambos morreriam. Eram, pois, irmãos.

Teve vontade de dizer: olhe, homem, eu também sou uma pobre coitada, a única diferença é que sou rica. Eu... pensou com ferocidade, eu estou perto de desmoralizar o dinheiro ameaçando o crédito do meu marido na praça. Estou prestes a, de um momento para outro, me sentar no fio da calçada. Nascer foi a minha pior desgraça. Tendo já pagado esse maldito acontecimento, sinto-me com direito a tudo.

Tinha medo. Mas de repente deu o grande pulo de sua vida: corajosamente sentou-se no chão.

"Vai ver que ela é comunista!" pensou meio a meio o mendigo. "E como comunista teria direito às suas joias, seus apartamentos, sua riqueza e até os seus perfumes."

Nunca mais seria a mesma pessoa. Não que jamais tivesse visto um mendigo. Mas — mesmo este era em hora errada, como levada de um empurrão e derramar por isso vinho tinto em branco vestido de renda. De repente sabia: esse mendigo era feito da mesma matéria que ela. Simplesmente isso. O "porquê" é que era diferente. No plano físico eles eram iguais. Quanto a ela, tinha uma cultura mediana, e ele não parecia saber de nada, nem quem era o Presidente do Brasil. Ela, porém, tinha uma capacidade aguda de compreender. Será que estivera até agora com a inteligência embutida? Mas se ela já há pouco, que estivera em contato com uma ferida que pedia dinheiro para comer — passou a só pensar em dinheiro? Dinheiro esse que sempre fora óbvio para ela. E a ferida, ela nunca a vira de tão perto...

— A senhora está se sentindo mal?

— Não estou mal... mas não estou bem, não sei...

Pensou: o corpo é uma coisa que estando doente a gente o carrega. O mendigo se carrega a si mesmo.

— Hoje no baile a senhora se recupera e tudo volta ao normal — disse José.

Realmente no baile ela reverdeceria seus elementos de atração e tudo voltaria ao normal.

Sentou-se no banco do carro refrigerado lançando antes de partir o último olhar àquele companheiro de hora e meia. Parecia-lhe difícil despedir-se dele, ele era agora o "eu" alter ego, ele fazia parte para sempre de sua vida. Adeus. Estava sonhadora, distraída, de lábios entreabertos como se houvesse à beira deles uma palavra. Por um motivo que ela não saberia explicar — ele era verdadeiramente ela mesma. E assim, quando o motorista ligou o rádio, ouviu que o bacalhau produzia nove mil óvulos por ano. Não soube deduzir nada com essa frase, ela que estava precisando de um destino. Lembrou-se de que em adolescente procurara um destino e escolhera cantar. Como parte de sua educação, facilmente lhe arranjaram um bom professor. Mas cantava mal, ela mesma o sabia e seu pai, amante de óperas, fingira não notar que ela cantava mal. Mas houve um momento em que ela começou a chorar. O professor perplexo perguntara-lhe o que tinha.

— É que, é que eu tenho medo de, de, de, de cantar bem...

Mas você canta muito mal, dissera-lhe o professor.

— Também tenho medo, tenho medo também de cantar muito, muito, muito mais mal ainda. Maaaaal mal demais! chorava ela e nunca teve mais nenhuma aula de canto. Essa história de procurar a arte para entender só lhe acontecera uma vez — depois mergulhara num esquecimento que só agora, aos trinta e cinco anos de idade, através da ferida, precisava ou cantar muito mal ou cantar muito bem — estava desnorteada. Há quanto tempo não ouvia a chamada música clássica porque esta poderia tirá-la do sono automático em que vivia. Eu – eu estou brincando de viver. No mês que vinha ia a New York e descobriu que essa ida era como uma nova mentira, como uma perplexidade. Ter uma ferida na perna – é uma realidade. E tudo na sua vida, desde quando havia nascido, tudo na sua vida fora macio como pulo de gato.

(No carro andando)
De repente pensou: nem me lembrei de perguntar o nome dele.

CONTO **A menor mulher do mundo**
DO LIVRO **LAÇOS DE FAMÍLIA**
APRESENTAÇÃO **Luis Fernando Verissimo**

EM 1953 MEU PAI FOI CONVIDADO a dirigir o Departamento de Assuntos Culturais da União Pan-Americana, ligada à Organização dos Estados Americanos. Fomos para Washington, uma aborrecida cidade burocrática, no começo da era Eisenhower. O diplomata Maury Gurgel Valente e sua mulher Clarice estavam lá com os dois filhos, Pedro e Paulo, e foram os primeiros brasileiros a dar boas-vindas aos recém-chegados. Eles seriam os melhores amigos dos meus pais nos quatro anos em que ficamos em Washington. Clarice e minha mãe, que não poderiam ter personalidades mais diferentes, tornaram-se amigas de infância. E sem que houvesse qualquer cerimônia, meus pais foram designados padrinhos extraoficiais do filho mais moço dos Valente, o Paulo. (Uma vez fui levar a Clarice e os dois meninos em casa de carro e na chegada o Paulinho perguntou: "Não quer entrar e tomar um cafezinho?" Grande surpresa. Ele mal começara a falar, era provavelmente a primeira frase inteira que dizia.) Várias fotografias da Clarice, inclusive algumas que têm saído na imprensa, foram tiradas pelo meu pai durante o convívio dos dois casais naqueles anos americanos. Também houve uma designação extraoficial do meu pai como fotógrafo exclusivo da Clarice.

Eu tinha 16 anos quando chegamos a Washington e a minha primeira impressão da Clarice foi a de todo mundo: fascinação. Com a sua beleza eslava, os olhos meio asiáticos, o erre carregado que dava um mistério especial à sua fala, e ao mesmo tempo com seu humor e seu jeito de garotona ainda desacostumada com o tamanho do próprio corpo. O fato de que aquela Clarice era a Clarice Lispector não me dizia muito. Eu sabia que era uma escritora meio complicada, nunca tinha lido nada dela. Só quando voltamos ao Brasil li *O lustre*, *Perto do coração selvagem* e, depois, os contos, extraordinários. "A legião estrangeira", "Amor", "Uma galinha", "Macacos", "Laços de família", "Festa de aniversário" e tantos outros, e o melhor conto que conheço em língua portuguesa, "A menor mulher do mundo".

Em 1962 saí de Porto Alegre e fui morar com a minha tia, no Rio. A Clarice, que então já estava separada do Maury, era nossa vizinha no Leme e pude conviver, e me fascinar, um pouco mais com ela.

Anos mais tarde, folheando alguns livros da Clarice, dei com uma dedicatória dela em *A maçã no escuro*, para "meus queridos Erico e Mafalda". Uma dedicatória brincalhona, datada de julho de 1961, em que ela destaca que o preço do livro nas livrarias é de 980 cruzeiros e que portanto está lhes dando um presente valiosíssimo, e recomenda que ele seja protegido com uma capa colante, do tipo que gruda na mão e "prende" o leitor. No fim há um adendo que eu ainda não tinha visto: "Luis Fernando, considere este livro seu também, por favor. Divida 980 por três e você terá preciosa parte. Sua Clarice." A lembrança da Clarice vale bem mais do que 980 cruzeiros. Mesmo com todas as correções monetárias acumuladas em 47 anos.

Nas profundezas da África Equatorial o explorador francês Marcel Pretre, caçador e homem do mundo, topou com uma tribo de pigmeus de uma pequenez surpreendente. Mais surpreso, pois, ficou ao ser informado de que menor povo ainda existia além de florestas e distâncias. Então mais fundo ele foi.

No Congo Central descobriu realmente os menores pigmeus do mundo. E – como uma caixa dentro de uma caixa, dentro de uma caixa – entre os menores pigmeus do mundo estava o menor dos menores pigmeus do mundo, obedecendo talvez à necessidade que às vezes a Natureza tem de exceder a si própria.

Entre mosquitos e árvores mornas de umidade, entre as folhas ricas do verde mais preguiçoso, Marcel Pretre defrontou-se com uma mulher de quarenta e cinco centímetros, madura, negra, calada. "Escura como um macaco", informaria ele à imprensa, e que vivia no topo de uma árvore com seu pequeno concubino. Nos tépidos humores silvestres, que arredondam cedo as frutas e lhes dão uma quase intolerável doçura ao paladar, ela estava grávida.

Ali em pé estava, portanto, a menor mulher do mundo. Por um instante, no zumbido do calor, foi como se o francês tivesse inesperadamente chegado à conclusão última. Na certa, apenas por não ser louco, é que sua alma não desvairou nem perdeu os limites. Sentindo necessidade imediata de ordem, e de dar nome ao que existe, apelidou-a de Pequena Flor. E, para conseguir classificá-la entre as realidades reconhecíveis, logo passou a colher dados a seu respeito.

Sua raça de gente está aos poucos sendo exterminada. Poucos exemplares humanos restam dessa espécie que, não fosse o sonso perigo da África, seria povo alastrado. Fora doença, infectado hálito de águas, comida deficiente e feras rondantes, o grande risco para os escassos Likoualas está nos selvagens Bantos, ameaça que os rodeia em ar silencioso como em madrugada de batalha. Os Bantos os caçam em redes, como fazem com os macacos. E os comem. Assim: caçam-nos em redes e os comem. A racinha de gente, sempre a recuar e a recuar, terminou aquarteirando-se no coração da África, onde o explorador afortunado a descobriria. Por defesa estratégica, moram nas árvores mais altas. De onde as mulheres descem para cozinhar milho, moer mandioca e colher verduras; os homens, para caçar. Quando um filho nasce, a liberdade lhe é dada quase que imediatamente. É verdade que muitas vezes a criança não usufruirá por muito tempo dessa liberdade entre feras. Mas é verdade que, pelo menos, não se lamentará que, para tão curta vida, longo tenha sido o trabalho. Pois mesmo a linguagem que a criança aprende é breve e simples, apenas essencial. Os Likoualas usam poucos nomes, chamam as coisas por gestos e sons animais. Como avanço espiritual, têm um tambor. Enquanto dançam ao som do tambor, um machado pequeno fica de guarda contra os Bantos, que virão não se sabe de onde.

Foi, pois, assim que o explorador descobriu, toda em pé e a seus pés, a coisa humana menor que existe. Seu coração bateu porque esmeralda nenhuma é tão rara. Nem os ensinamentos dos sábios da Índia são tão raros. Nem o homem mais rico do mundo já pôs olhos sobre tanta estranha graça. Ali estava uma mulher que a gulodice do mais fino sonho jamais pudera imaginar. Foi então que o explorador disse, timidamente e com uma delicadeza de sentimentos de que sua esposa jamais o julgaria capaz:

— Você é Pequena Flor.

Nesse instante Pequena Flor coçou-se onde uma pessoa não se coça. O explorador — como se estivesse recebendo o mais alto prêmio de castidade a que um homem, sempre tão idealista, ousa aspirar — o explorador, tão vivido, desviou os olhos.

A fotografia de Pequena Flor foi publicada no suplemento colorido dos jornais de domingo, onde coube em tamanho natural. Enrolada num pano, com a barriga em estado adiantado. O nariz chato, a cara preta, os olhos fundos, os pés espalmados. Parecia um cachorro.

Nesse domingo, num apartamento, uma mulher, ao olhar no jornal aberto o retrato de Pequena Flor, não quis olhar uma segunda vez "porque me dá aflição".

Em outro apartamento uma senhora teve tal perversa ternura pela pequenez da mulher africana que — sendo tão melhor prevenir que remediar — jamais se deveria deixar Pequena Flor sozinha com a ternura da senhora. Quem sabe a que escuridão de amor pode chegar o carinho. A senhora passou um dia perturbada, dir-se-ia tomada pela saudade. Aliás era primavera, uma bondade perigosa estava no ar.

Em outra casa uma menina de cinco anos de idade, vendo o retrato e ouvindo os comentários, ficou espantada. Naquela casa de adultos, essa menina fora até agora o menor dos seres humanos. E, se isso era fonte das melhores carícias, era também fonte deste primeiro medo do amor tirano. A existência de Pequena Flor levou a menina a sentir — com uma vaguidão que só anos e anos depois, por motivos bem diferentes, havia de se concretizar em pensamento — levou-a a sentir, numa primeira sabedoria, que "a desgraça não tem limites".

Em outra casa, na sagração da primavera, a moça noiva teve um êxtase de piedade:

— Mamãe, olhe o retratinho dela, coitadinha! olhe só como ela é tristinha!

— Mas — disse a mãe, dura e derrotada e orgulhosa — mas é tristeza de bicho, não é tristeza humana.

— Oh! mamãe — disse a moça desanimada.

Foi em outra casa que um menino esperto teve uma ideia esperta:

— Mamãe, e se eu botasse essa mulherzinha africana na cama de Paulinho enquanto ele está dormindo? quando ele acordasse, que susto, hein! que berro, vendo ela sentada na cama! E a gente então brincava tanto com ela! a gente fazia ela o brinquedo da gente, hein!

A mãe dele estava nesse instante enrolando os cabelos em frente ao espelho do banheiro, e lembrou-se do que uma cozinheira lhe contara do tempo de orfanato. Não tendo boneca com que brincar, e a maternidade já pulsando terrível no coração das órfãs, as meninas sabidas haviam escondido da freira a morte de uma das garotas. Guardaram o cadáver num armário até a freira sair, e brincaram com a menina morta, deram-lhe banhos e comidinhas, puseram-na de castigo somente para depois poder beijá-la, consolando-a. Disso a mãe se lembrou no banheiro, e abaixou mãos pensas, cheias de grampos. E considerou a cruel necessidade de amar. Considerou a malignidade de nosso desejo de ser feliz. Considerou a ferocidade com que queremos brincar. E o número de vezes em que mataremos por amor. Então olhou para o filho esperto como se olhasse para um perigoso estranho. E teve horror da própria alma que, mais que seu corpo, havia engendrado aquele ser apto à vida e à felicidade. Assim olhou ela, com muita atenção e um orgulho inconfortável, aquele menino que já estava sem os dois dentes da frente, a evolução, a evolução se fazendo, dente caindo para nascer o que melhor morde. "Vou comprar um terno novo para ele", resolveu olhando-o absorta. Obstinadamente enfeitava o filho desdentado com roupas finas, obstinadamente queria-o bem limpo, como se limpeza desse ênfase a uma superficialidade tranquilizadora, obstinadamente aperfeiçoando o lado cortês da beleza. Obstinadamente afastando-se, e afastando-o, de alguma coisa que devia ser "escura como um macaco". Então, olhando para o espelho do banheiro, a mãe sorriu intencionalmente fina e polida, colocando, entre aquele seu rosto de linhas abstratas e a cara crua de Pequena Flor, a distância insuperável de milênios. Mas, com anos de prática, sabia que este seria um domingo em que teria de disfarçar de si mesma a ansiedade, o sonho, e milênios perdidos.

Em outra casa, junto a uma parede, deram-se ao trabalho alvoroçado de calcular com fita métrica os quarenta e cinco centímetros de Pequena Flor. E foi aí mesmo que, em delícia, se espantaram: ela era ainda menor que o mais agudo da imaginação inventaria. No coração de cada membro da família nasceu, nostálgico, o desejo de ter para si aquela coisa miúda e indomável, aquela coisa salva de ser comida, aquela fonte permanente de caridade. A alma ávida da família queria devotar-se. E, mesmo, quem já não desejou possuir um ser humano só para si? O que, é verdade, nem sempre seria cômodo, há horas em que não se quer ter sentimentos:

— Aposto que se ela morasse aqui terminava em briga — disse o pai sentado na poltrona, virando definitivamente a página do jornal. — Nesta casa tudo termina em briga.

— Você, José, sempre pessimista — disse a mãe.

— A senhora já pensou, mamãe, de que tamanho será o nenenzinho dela? — disse ardente a filha mais velha de treze anos.

O pai mexeu-se atrás do jornal.

— Deve ser o bebê preto menor do mundo — respondeu a mãe, derretendo-se de gosto. — Imagine só ela servindo a mesa aqui em casa! e de barriguinha grande!

— Chega dessas conversas! — engrolou o pai.

— Você há de convir — disse a mãe inesperadamente ofendida — que se trata de uma coisa rara. Você é que é insensível.

E a própria coisa rara?

Enquanto isso, na África, a própria coisa rara tinha no coração — quem sabe se negro também, pois numa Natureza que errou uma vez já não se pode mais confiar — enquanto isso a própria coisa rara tinha no coração algo mais raro ainda, assim como o segredo do próprio segredo: um filho mínimo. Metodicamente o explorador examinou com o olhar a barriguinha do menor ser humano maduro. Foi neste instante que o explorador, pela primeira vez desde que a conhecera, em vez de sentir curiosidade ou exaltação ou vitória ou espírito científico, o explorador sentiu mal-estar.

É que a menor mulher do mundo estava rindo.

Estava rindo, quente, quente. Pequena Flor estava gozando a vida. A própria coisa rara estava tendo a inefável sensação de ainda não ter sido comida. Não ter sido comida era algo que, em outras horas, lhe dava o ágil impulso de pular de galho em galho. Mas, neste momento de tranquilidade, entre as espessas folhas do Congo Central, ela não estava aplicando esse impulso numa ação — e o impulso se concentrara todo na própria pequenez da própria coisa rara. E então ela estava rindo. Era um riso como somente quem não fala, ri. Esse riso, o explorador constrangido não conseguiu classificar. E ela continuou fruindo o próprio riso macio, ela que não estava sendo devorada. Não ser devorado é o sentimento mais perfeito. Não ser devorado é o objetivo secreto de toda uma vida. Enquanto ela não estava sendo comida, seu riso bestial era tão delicado como é delicada a alegria. O explorador estava atrapalhado.

Em segundo lugar, se a própria coisa rara estava rindo, era porque, dentro de sua pequenez, grande escuridão pusera-se em movimento.

É que a própria coisa rara sentia o peito morno do que se pode chamar de Amor. Ela amava aquele explorador amarelo. Se soubesse falar e dissesse que o amava, ele inflaria de vaidade. Vaidade que diminuiria quando ela acrescentasse que também amava muito o anel do explorador e que amava muito a bota do explorador. E quando este desinchasse desapontado, Pequena Flor não compreenderia por quê. Pois, nem de longe, seu amor pelo explorador — pode-se mesmo dizer seu "profundo amor", porque, não tendo outros recursos, ela estava reduzida à profundeza — pois nem de longe seu profundo amor pelo explorador ficaria desvalorizado pelo fato de ela também amar sua bota. Há um velho equívoco sobre a palavra amor, e, se muitos filhos nascem desse equívoco, tantos outros perderam o único instante de nascer apenas por causa de uma suscetibilidade que exige que seja de mim, de mim! que se goste, e não de meu dinheiro. Mas na umidade da floresta não há desses refinamentos cruéis, e amor é não ser comido, amor é achar bonita uma bota, amor é gostar da cor rara de um homem que não é negro, amor é rir de amor a um anel que brilha. Pequena Flor piscava de amor, e riu quente, pequena, grávida, quente.

O explorador tentou sorrir-lhe de volta, sem saber exatamente a que abismo seu sorriso respondia, e então perturbou-se como só homem de tamanho grande se perturba. Disfarçou ajeitando melhor o chapéu de explorador, corou pudico. Tornou-se uma cor linda, a sua, de um rosa esverdeado, como a de um limão de madrugada. Ele devia ser azedo.

Foi provavelmente ao ajeitar o capacete simbólico que o explorador se chamou à ordem, recuperou com severidade a disciplina de trabalho, e recomeçou a anotar. Aprendera a entender algumas das poucas palavras articuladas da tribo, e a interpretar os sinais. Já conseguia fazer perguntas.

Pequena Flor respondeu-lhe que "sim". Que era muito bom ter uma árvore para morar, sua, sua mesmo. Pois — e isso ela não disse, mas seus olhos se tornaram tão escuros que o disseram — pois é bom possuir, é bom possuir, é bom possuir. O explorador pestanejou várias vezes.

Marcel Pretre teve vários momentos difíceis consigo mesmo. Mas pelo menos ocupou-se em tomar notas e notas. Quem não tomou notas é que teve de se arranjar como pôde:

— Pois olhe — declarou de repente uma velha fechando o jornal com decisão — pois olhe, eu só lhe digo uma coisa: Deus sabe o que faz.

CONTO **É para lá que eu vou**

DO LIVRO ONDE ESTIVESTES DE NOITE

APRESENTAÇÃO **Luiz Fernando Carvalho**

Nós é que estamos à beira de Clarice, à beira de Claricear, e nunca Clariceamos; estamos à beira de nascer um Clariceão imenso dentro de nós, e nada, nada de nos entregarmos ao Clariceamento: "Que estou eu a dizer? Estou dizendo amor. E à beira do amor estamos nós."

Para além da orelha existe um som, à extremidade do olhar um aspecto, às pontas dos dedos um objeto — é para lá que eu vou.

À ponta do lápis o traço.

Onde expira um pensamento está uma ideia, ao derradeiro hálito de alegria uma outra alegria, à ponta da espada a magia — é para lá que eu vou.

Na ponta dos pés o salto.

Parece a história de alguém que foi e não voltou — é para lá que eu vou.

Ou não vou? Vou, sim. E volto para ver como estão as coisas. Se continuam mágicas. Realidade? eu vos espero. É para lá que eu vou.

Na ponta da palavra está a palavra. Quero usar a palavra "tertúlia" e não sei onde e quando. À beira da tertúlia está a família. À beira da família estou eu. À beira de eu estou mim. É para mim que vou. E de mim saio para ver. Ver o quê? ver o que existe. Depois de morta é para a realidade que vou. Por enquanto é sonho. Sonho fatídico. Mas depois — depois tudo é real. E a alma livre procura um canto para se acomodar. Mim é um eu que anuncio. Não sei sobre o que estou falando. Estou falando do nada. Eu sou nada. Depois de morta engrandecerei e me espalharei, e alguém dirá com amor meu nome.

É para o meu pobre nome que vou.

E de lá volto para chamar o nome do ser amado e dos filhos. Eles me responderão. Enfim terei uma resposta. Que resposta? a do amor. Amor: eu vos amo tanto. Eu amo o amor. O amor é vermelho. O ciúme é verde. Meus olhos são verdes. Mas são verdes tão escuros que na fotografia saem negros. Meu segredo é ter os olhos verdes e ninguém saber.

À extremidade de mim estou eu. Eu, implorante, eu a que necessita, a que pede, a que chora, a que se lamenta. Mas a que canta. A que diz palavras. Palavras ao vento? que importa, os ventos as trazem de novo e eu as possuo.

Eu à beira do vento. O morro dos ventos uivantes me chama. Vou, bruxa que sou. E me transmuto.

Oh, cachorro, cadê tua alma? está à beira de teu corpo? Eu estou à beira de meu corpo. E feneço lentamente.

Que estou eu a dizer? Estou dizendo amor. E à beira do amor estamos nós.

CONTO	**Feliz aniversário**
DO LIVRO	LAÇOS DE FAMÍLIA
APRESENTAÇÃO	**Lya Luft**

DE TODOS OS TRABALHOS DE CLARICE, que tanto admiro, o conto "Feliz aniversário" foi um dos que mais me marcou. Pode não ter a misteriosa beleza de muitos outros, é mais cortante, objetivo, duro.

Imaginei muitas vezes a velha dama contemplando com fundo desprezo a família que não a amava, no deprimente espetáculo de uma festa de fingido carinho e fingido interesse pela aniversariante.

A solidão dessa velha senhora é uma das mais dolorosas que já li descrita em livro.

Clarice usou a linguagem como um bisturi, fino, preciso e cruel, cortando a carne da alma dessas personagens, que tanto nos fazem lembrar outras reais, que conhecemos neste mundo concreto.

O que a autora descreveu magistralmente em um texto breve é o lado escuro da família, que de aconchego e abrigo se transforma numa jaula.

Muito impressionante.

A família foi pouco a pouco chegando. Os que vieram de Olaria estavam muito bem vestidos porque a visita significava ao mesmo tempo um passeio a Copacabana. A nora de Olaria apareceu de azul-marinho, com enfeite de paetês e um drapeado disfarçando a barriga sem cinta. O marido não veio por razões óbvias: não queria ver os irmãos.

Mas mandara sua mulher para que nem todos os laços fossem cortados — e esta vinha com o seu melhor vestido para mostrar que não precisava de nenhum deles, acompanhada dos três filhos: duas meninas já de peito nascendo, infantilizadas em babados cor-de-rosa e anáguas engomadas, e o menino acovardado pelo terno novo e pela gravata.

Tendo Zilda — a filha com quem a aniversariante morava — disposto cadeiras unidas ao longo das paredes, como numa festa em que se vai dançar, a nora de Olaria, depois de cumprimentar com cara fechada aos de casa, aboletou-se numa das cadeiras e emudeceu, a boca em bico, mantendo sua posição de ultrajada. "Vim para não deixar de vir", dissera ela a Zilda, e em seguida sentara-se ofendida. As duas mocinhas de cor-de-rosa e o menino, amarelos e de cabelo penteado, não sabiam bem que atitude tomar e ficaram de pé ao lado da mãe, impressionados com seu vestido azul-marinho e com os paetês.

Depois veio a nora de Ipanema com dois netos e a babá. O marido viria depois. E como Zilda — a única mulher entre os seis irmãos homens e a única que, estava decidido já havia anos, tinha espaço e tempo para alojar a aniversariante — e como Zilda estava na cozinha a ultimar com a empregada os croquetes e sanduíches, ficaram: a nora de Olaria empertigada com seus filhos de coração inquieto ao lado; a nora de Ipanema na fila oposta das cadeiras fingindo ocupar-se com o bebê para não encarar a concunhada de Olaria; a babá ociosa e uniformizada, com a boca aberta.

E à cabeceira da mesa grande a aniversariante que fazia hoje oitenta e nove anos.

Zilda, a dona da casa, arrumara a mesa cedo, enchera-a de guardanapos de papel colorido e copos de papelão alusivos à data, espalhara balões sungados pelo teto em alguns dos quais estava escrito "Happy Birthday!", em outros "Feliz Aniversário!". No centro havia disposto o enorme bolo açucarado. Para adiantar o expediente, enfeitara a mesa logo depois do almoço, encostara as cadeiras à parede, mandara os meninos brincar no vizinho para não desarrumar a mesa.

E, para adiantar o expediente, vestira a aniversariante logo depois do almoço. Pusera-lhe desde então a presilha em torno do pescoço e o broche, borrifara-lhe um pouco de água-de-colônia para disfarçar aquele seu cheiro de guardado — sentaraa à mesa. E desde as duas horas a aniversariante estava sentada à cabeceira da longa mesa vazia, tesa na sala silenciosa.

De vez em quando consciente dos guardanapos coloridos. Olhando curiosa um ou outro balão estremecer aos carros que passavam. E de vez em quando aquela angústia muda: quando acompanhava, fascinada e impotente, o voo da mosca em torno do bolo.

Até que às quatro horas entrara a nora de Olaria e depois a de Ipanema.

Quando a nora de Ipanema pensou que não suportaria nem um segundo mais a situação de estar sentada defronte da concunhada de Olaria – que cheia das ofensas passadas não via um motivo para desfitar desafiadora a nora de Ipanema – entraram enfim José e a família. E mal eles se beijavam, a sala começou a ficar cheia de gente que ruidosa se cumprimentava como se todos tivessem esperado embaixo o momento de, em afobação de atraso, subir os três lances de escada, falando, arrastando crianças surpreendidas, enchendo a sala – e inaugurando a festa.

Os músculos do rosto da aniversariante não a interpretavam mais, de modo que ninguém podia saber se ela estava alegre. Estava era posta à cabeceira. Tratava-se de uma velha grande, magra, imponente e morena. Parecia oca.

– Oitenta e nove anos, sim senhor! disse José, filho mais velho agora que Jonga tinha morrido. – Oitenta e nove anos, sim senhora! disse esfregando as mãos em admiração pública e como sinal imperceptível para todos.

Todos se interromperam atentos e olharam a aniversariante de um modo mais oficial. Alguns abanaram a cabeça em admiração como a um recorde. Cada ano vencido pela aniversariante era uma vaga etapa da família toda. Sim senhor! disseram alguns sorrindo timidamente.

— Oitenta e nove anos!, ecoou Manoel que era sócio de José. É um brotinho!, disse espirituoso e nervoso, e todos riram, menos sua esposa.

A velha não se manifestava.

Alguns não lhe haviam trazido presente nenhum. Outros trouxeram saboneteira, uma combinação de jérsei, um broche de fantasia, um vasinho de cactos — nada, nada que a dona da casa pudesse aproveitar para si mesma ou para seus filhos, nada que a própria aniversariante pudesse realmente aproveitar constituindo assim uma economia: a dona da casa guardava os presentes, amarga, irônica.

— Oitenta e nove anos! repetiu Manoel aflito, olhando para a esposa.

A velha não se manifestava.

Então, como se todos tivessem tido a prova final de que não adiantava se esforçarem, com um levantar de ombros de quem estivesse junto de uma surda, continuaram a fazer a festa sozinhos, comendo os primeiros sanduíches de presunto mais como prova de animação que por apetite, brincando de que todos estavam morrendo de fome. O ponche foi servido, Zilda suava, nenhuma cunhada ajudou propriamente, a gordura quente dos croquetes dava um cheiro de piquenique; e de costas para a aniversariante, que não podia comer frituras, eles riam inquietos. E Cordélia? Cordélia, a nora mais moça, sentada, sorrindo.

— Não senhor! respondeu José com falsa severidade, hoje não se fala em negócios!

— Está certo, está certo! recuou Manoel depressa, olhando rapidamente para sua mulher que de longe estendia um ouvido atento.

— Nada de negócios, gritou José, hoje é o dia da mãe!

Na cabeceira da mesa já suja, os copos maculados, só o bolo inteiro — ela era a mãe. A aniversariante piscou os olhos.

E quando a mesa estava imunda, as mães enervadas com o barulho que os filhos faziam, enquanto as avós se recostavam complacentes nas cadeiras, então fecharam a inútil luz do corredor para acender a vela do bolo, uma vela grande com um papelzinho colado onde estava escrito "89". Mas ninguém elogiou a ideia de Zilda, e ela se perguntou angustiada se eles não estariam pensando que fora por economia de velas — ninguém se lembrando de que ninguém havia contribuído com uma caixa de fósforos sequer para a comida da festa que ela, Zilda, servia como uma escrava, os pés exaustos e o coração revoltado. Então acenderam a vela. E então José, o líder, cantou com muita força, entusiasmando com um olhar autoritário os mais hesitantes ou surpreendidos, "vamos! todos de uma vez!" — e todos de repente começaram a cantar alto como soldados. Despertada pelas vozes, Cordélia olhou esbaforida. Como não haviam combinado, uns cantaram em português e outros em inglês. Tentaram então corrigir: e os que haviam cantado em inglês passaram a português, e os que haviam cantado em português passaram a cantar bem baixo em inglês.

Enquanto cantavam, a aniversariante, à luz da vela acesa, meditava como junto de uma lareira.

Escolheram o bisneto menor que, debruçado no colo da mãe encorajadora, apagou a chama com um único sopro cheio de saliva! Por um instante bateram palmas à potência inesperada do menino que, espantado e exultante, olhava para todos encantado. A dona da casa esperava com o dedo pronto no comutador do corredor — e acendeu a lâmpada.

— Viva mamãe!
— Viva vovó!
— Viva d. Anita, disse a vizinha que tinha aparecido.
— *Happy birthday!* gritaram os netos, do Colégio Bennett.
Bateram ainda algumas palmas ralas.
A aniversariante olhava o bolo apagado, grande e seco.
— Parta o bolo, vovó! disse a mãe dos quatro filhos, é ela quem deve partir! assegurou incerta a todos, com ar íntimo e intrigante. E, como todos aprovassem satisfeitos e curiosos, ela se tornou de repente impetuosa: — parta o bolo, vovó!

E de súbito a velha pegou na faca. E sem hesitação, como se hesitando um momento ela toda caísse para a frente, deu a primeira talhada com punho de assassina.

— Que força, segredou a nora de Ipanema, e não se sabia se estava escandalizada ou agradavelmente surpreendida. Estava um pouco horrorizada.

— Há um ano ela ainda era capaz de subir essas escadas com mais fôlego do que eu, disse Zilda amarga.

Dada a primeira talhada, como se a primeira pá de terra tivesse sido lançada, todos se aproximaram de prato na mão, insinuando-se em fingidas acoteveladas de animação, cada um para a sua pazinha.

Em breve as fatias eram distribuídas pelos pratinhos, num silêncio cheio de rebuliço. As crianças pequenas, com a boca escondida pela mesa e os olhos ao nível desta, acompanhavam a distribuição com muda intensidade. As passas rolavam do bolo entre farelos secos. As crianças angustiadas viam se desperdiçarem as passas, acompanhavam atentas a queda.

E quando foram ver, não é que a aniversariante já estava devorando o seu último bocado?

E por assim dizer a festa estava terminada.

Cordélia olhava ausente para todos, sorria.

— Já lhe disse: hoje não se fala em negócios! respondeu José radiante.

— Está certo, está certo! recolheu-se Manoel conciliador sem olhar a esposa que não o desfitava. Está certo, tentou Manoel sorrir e uma contração passou-lhe rápido pelos músculos da cara.

— Hoje é dia da mãe! disse José.

Na cabeceira da mesa, a toalha manchada de Coca-Cola, o bolo desabado, ela era a mãe. A aniversariante piscou.

Eles se mexiam agitados, rindo, a sua família. E ela era a mãe de todos. E se de repente não se ergueu, como um morto se levanta devagar e obriga mudez e terror aos vivos, a aniversariante ficou mais dura na cadeira, e mais alta. Ela era a mãe de todos. E como a presilha a sufocasse, ela era a mãe de todos e, impotente à cadeira, desprezava-os. E olhava-os piscando. Todos aqueles seus filhos e netos e bisnetos que não passavam de carne de seu joelho, pensou de repente como se cuspisse. Rodrigo, o neto de sete anos, era o único a ser a carne de seu coração, Rodrigo, com aquela carinha dura, viril e despenteada. Cadê Rodrigo? Rodrigo com olhar sonolento e entumescido naquela cabecinha ardente, confusa. Aquele seria um homem. Mas, piscando, ela olhava os outros, a aniversariante. Oh o desprezo pela vida que falhava. Como?! como tendo sido tão forte pudera dar à luz aqueles seres opacos, com braços moles e rostos ansiosos? Ela, a forte, que casara em hora e tempo devidos com um bom homem a quem, obediente e independente, ela respeitara; a quem respeitara e que lhe fizera filhos e lhe pagara os partos e lhe honrara os resguardos. O tronco fora bom. Mas dera aqueles azedos e infelizes frutos, sem capacidade sequer para uma boa alegria. Como pudera ela dar à luz aqueles seres risonhos, fracos, sem austeridade? O rancor roncava no seu peito vazio. Uns comunistas, era o que eram; uns comunistas. Olhou-os com sua cólera de velha. Pareciam ratos se acotovelando, a sua família. Incoercível, virou a cabeça e com força insuspeita cuspiu no chão.

— Mamãe! gritou mortificada a dona da casa. Que é isso, mamãe! gritou ela passada de vergonha, e não queria sequer olhar os outros, sabia que os desgraçados se entreolhavam vitoriosos como se coubesse a ela dar educação à velha, e não faltaria muito para dizerem que ela já não dava mais banho na mãe, jamais compreenderiam o sacrifício que ela fazia. — Mamãe, que é isso! — disse baixo, angustiada. — A senhora nunca fez isso! — acrescentou alto para que todos ouvissem, queria se agregar ao espanto dos outros, quando o galo cantar pela terceira vez renegarás tua mãe. Mas seu enorme vexame suavizou-se quando ela percebeu que eles abanavam a cabeça como se estivessem de acordo que a velha não passava agora de uma criança.

— Ultimamente ela deu pra cuspir, terminou então confessando contrita para todos.

Todos olharam a aniversariante, compungidos, respeitosos, em silêncio.

Pareciam ratos se acotovelando, a sua família. Os meninos, embora crescidos – provavelmente já além dos cinquenta anos, que sei eu! – os meninos ainda conservavam os traços bonitinhos. Mas que mulheres haviam escolhido! E que mulheres os netos – ainda mais fracos e mais azedos – haviam escolhido. Todas vaidosas e de pernas finas, com aqueles colares falsificados de mulher que na hora não aguenta a mão, aquelas mulherezinhas que casavam mal os filhos, que não sabiam pôr uma criada em seu lugar, e todas elas com as orelhas cheias de brincos – nenhum, nenhum de ouro! A raiva a sufocava.

— Me dá um copo de vinho! disse.

O silêncio se fez de súbito, cada um com o copo imobilizado na mão.

— Vovozinha, não vai lhe fazer mal? insinuou cautelosa a neta roliça e baixinha.

— Que vovozinha que nada! explodiu amarga a aniversariante. — Que o diabo vos carregue, corja de maricas, cornos e vagabundas! me dá um copo de vinho, Dorothy! — ordenou.

Dorothy não sabia o que fazer, olhou para todos em pedido cômico de socorro. Mas, como máscaras isentas e inapeláveis, de súbito nenhum rosto se manifestava. A festa interrompida, os sanduíches mordidos na mão, algum pedaço que estava na boca a sobrar seco, inchando tão fora de hora a bochecha. Todos tinham ficado cegos, surdos e mudos, com croquetes na mão. E olhavam impassíveis.

Desamparada, divertida, Dorothy deu o vinho: astuciosamente apenas dois dedos no copo. Inexpressivos, preparados, todos esperaram pela tempestade.

Mas não só a aniversariante não explodiu com a miséria de vinho que Dorothy lhe dera como não mexeu no copo.

Seu olhar estava fixo, silencioso. Como se nada tivesse acontecido.

Todos se entreolharam polidos, sorrindo cegamente, abstratos como se um cachorro tivesse feito pipi na sala. Com estoicismo, recomeçaram as vozes e risadas. A nora de Olaria, que tivera o seu primeiro momento uníssono com os outros quando a tragédia vitoriosamente parecia prestes a se desencadear, teve que retornar sozinha à sua severidade, sem ao menos o apoio dos três filhos que agora se misturavam traidoramente com os outros. De sua cadeira reclusa, ela analisava crítica aqueles vestidos sem nenhum modelo, sem um drapeado, a mania que tinham de usar vestido preto com colar de pérolas, o que não era moda coisa nenhuma, não passava era de economia. Examinando distante os sanduíches que quase não tinham levado manteiga. Ela não se servira de nada, de nada! Só comera uma coisa de cada, para experimentar.

E por assim dizer, de novo a festa estava terminada.

As pessoas ficaram sentadas benevolentes. Algumas com a atenção voltada para dentro de si, à espera de alguma coisa a dizer. Outras vazias e expectantes, com um sorriso amável, o estômago cheio daquelas porcarias que não alimentavam mas tiravam a fome. As crianças, já incontroláveis, gritavam cheias de vigor. Umas já estavam de cara imunda; as outras, menores, já molhadas; a tarde caía rapidamente. E Cordélia, Cordélia olhava ausente, com um sorriso estonteado, suportando sozinha o seu segredo. Que é que ela tem? alguém perguntou com uma curiosidade negligente, indicando-a de longe com a cabeça, mas também não responderam. Acenderam o resto das luzes para precipitar a tranquilidade da noite, as crianças começavam a brigar. Mas as luzes eram mais pálidas que a tensão pálida da tarde. E o crepúsculo de Copacabana, sem ceder, no entanto se alargava cada vez mais e penetrava pelas janelas como um peso.

— Tenho que ir, disse perturbada uma das noras levantando-se e sacudindo os farelos da saia. Vários se ergueram sorrindo.

A aniversariante recebeu um beijo cauteloso de cada um como se sua pele tão infamiliar fosse uma armadilha. E, impassível, piscando, recebeu aquelas palavras propositadamente atropeladas que lhe diziam tentando dar um final arranco de efusão ao que não era mais senão passado: a noite já viera quase totalmente. A luz da sala parecia então mais amarela e mais rica, as pessoas envelhecidas. As crianças já estavam histéricas.

— Será que ela pensa que o bolo substitui o jantar, indagava-se a velha nas suas profundezas.

Mas ninguém poderia adivinhar o que ela pensava. E para aqueles que junto da porta ainda a olharam uma vez, a aniversariante era apenas o que parecia ser: sentada à cabeceira da mesa imunda, com a mão fechada sobre a toalha como encerrando um cetro, e com aquela mudez que era a sua última palavra. Com um punho fechado sobre a mesa, nunca mais ela seria apenas o que ela pensasse. Sua aparência afinal a ultrapassara e, superando-a, se agigantava serena. Cordélia olhou-a espantada. O punho mudo e severo sobre a mesa dizia para a infeliz nora que sem remédio amava talvez pela última vez: É preciso que se saiba. É preciso que se saiba. Que a vida é curta. Que a vida é curta.

Porém nenhuma vez mais repetiu. Porque a verdade era um relance. Cordélia olhou-a estarrecida. E, para nunca mais, nenhuma vez repetiu — enquanto Rodrigo, o neto da aniversariante, puxava a mão daquela mãe culpada, perplexa e desesperada que mais uma vez olhou para trás implorando à velhice ainda um sinal de que uma mulher deve, num ímpeto dilacerante, enfim agarrar a sua derradeira chance e viver. Mais uma vez Cordélia quis olhar.

Mas a esse novo olhar — a aniversariante era uma velha à cabeceira da mesa.

Passara o relance. E arrastada pela mão paciente e insistente de Rodrigo a nora seguiu-o espantada.

— Nem todos têm o privilégio e o orgulho de se reunirem em torno da mãe, pigarreou José lembrando-se de que Jonga é quem fazia os discursos.

— Da mãe, vírgula! riu baixo a sobrinha, e a prima mais lenta riu sem achar graça.

— Nós temos, disse Manoel acabrunhado sem mais olhar para a esposa. Nós temos esse grande privilégio — disse distraído enxugando a palma úmida das mãos.

Mas não era nada disso, apenas o mal-estar da despedida, nunca se sabendo ao certo o que dizer, José esperando de si mesmo com perseverança e confiança a próxima frase do discurso. Que não vinha. Que não vinha. Que não vinha. Os outros aguardavam. Como Jonga fazia falta nessas horas — José enxugou a testa com o lenço — como Jonga fazia falta nessas horas! Também fora o único a quem a velha sempre aprovara e respeitara, e isso dera a Jonga tanta segurança. E quando ele morrera, a velha nunca mais falara nele, pondo um muro entre sua morte e os outros. Esquecera-o talvez. Mas não esquecera aquele mesmo olhar firme e direto com que desde sempre olhara os outros filhos, fazendo-os sempre desviar os olhos. Amor de mãe era duro de suportar: José enxugou a testa, heroico, risonho.

E de repente veio a frase:

— Até o ano que vem! disse José subitamente com malícia, encontrando, assim, sem mais nem menos, a frase certa: uma indireta feliz! Até o ano que vem, hein?, repetiu com receio de não ser compreendido.

Olhou-a, orgulhoso da artimanha da velha que espertamente sempre vivia mais um ano.

— No ano que vem nos veremos diante do bolo aceso! esclareceu melhor o filho Manoel, aperfeiçoando o espírito do sócio. Até o ano que vem, mamãe! e diante do bolo aceso! disse ele bem explicado, perto de seu ouvido, enquanto olhava obsequiador para José. E a velha de súbito cacarejou um riso frouxo, compreendendo a alusão.

Então ela abriu a boca e disse:

— Pois é.

Estimulado pela coisa ter dado tão inesperadamente certo, José gritou-lhe emocionado, grato, com os olhos úmidos:

— No ano que vem nos veremos, mamãe!

— Não sou surda! disse a aniversariante rude, acarinhada.

Os filhos se olharam rindo, vexados, felizes. A coisa tinha dado certo.

As crianças foram saindo alegres, com o apetite estragado. A nora de Olaria deu um cascudo de vingança no filho alegre demais e já sem gravata. As escadas eram difíceis, escuras, incrível insistir em morar num prediozinho que seria fatalmente demolido mais dia menos dia, e na ação de despejo Zilda ainda ia dar trabalho e querer empurrar a velha para as noras — pisado o último degrau, com alívio os convidados se encontraram na tranquilidade fresca da rua. Era noite, sim. Com o seu primeiro arrepio.

Adeus, até outro dia, precisamos nos ver. Apareçam, disseram rapidamente. Alguns conseguiram olhar nos olhos dos outros com uma cordialidade sem receio. Alguns abotoavam os casacos das crianças, olhando o céu à procura de um sinal do tempo. Todos sentindo obscuramente que na despedida se poderia talvez, agora sem perigo de compromisso, ser bom e dizer aquela palavra a mais — que palavra? eles não sabiam propriamente, e olhavam-se sorrindo, mudos. Era um instante que pedia para ser vivo. Mas que era morto. Começaram a se separar, andando meio de costas, sem saber como se desligar dos parentes sem brusquidão.

— Até o ano que vem! repetiu José a indireta feliz, acenando a mão com vigor efusivo, os cabelos ralos e brancos esvoaçavam. Ele estava era gordo, pensaram, precisava tomar cuidado com o coração. Até o ano que vem! gritou José eloquente e grande, e sua altura parecia desmoronável. Mas as pessoas já afastadas não sabiam se deviam rir alto para ele ouvir ou se bastaria sorrir mesmo no escuro. Além de alguns pensarem que felizmente havia mais do que uma brincadeira na indireta e que só no próximo ano seriam obrigados a se encontrar diante do bolo aceso; enquanto que outros, já mais no escuro da rua, pensavam se a velha resistiria mais um ano ao nervoso e à impaciência de Zilda, mas eles sinceramente nada podiam fazer a respeito: "Pelo menos noventa anos", pensou melancólica a nora de Ipanema. "Para completar uma data bonita", pensou sonhadora.

Enquanto isso, lá em cima, sobre escadas e contingências, estava a aniversariante sentada à cabeceira da mesa, erecta, definitiva, maior do que ela mesma. Será que hoje não vai ter jantar, meditava ela. A morte era o seu mistério.

CONTO **Felicidade clandestina**

DO LIVRO FELICIDADE CLANDESTINA

APRESENTAÇÃO **Malu Mader**

Escolho "Felicidade clandestina" não por ser meu preferido. A paixão por Clarice transformou o meu prazer de escolher apenas um conto em doce condenação. A dúvida entre "A legião estrangeira", "Amor" e "Restos de Carnaval" me deixou com o peito quente, o coração pensativo e a respiração curta. Resolvi escolher pelo título: "Felicidade clandestina". Quando o li pela primeira vez pensei: "Isso sou eu." É assim que me sinto em relação a Clarice Lispector: apesar de ser ela puro mistério, quando estou com um livro seu aberto no colo, em êxtase puríssimo sou uma mulher com sua amante, sou uma criança descobrindo o mundo.

Ela era gorda, baixa, sardenta e de cabelos excessivamente crespos, meio arruivados. Tinha um busto enorme, enquanto nós todas ainda éramos achatadas. Como se não bastasse, enchia os dois bolsos da blusa, por cima do busto, com balas. Mas possuía o que qualquer criança devoradora de histórias gostaria de ter: um pai dono de livraria.

Pouco aproveitava. E nós menos ainda: até para aniversário, em vez de pelo menos um livrinho barato, ela nos entregava em mãos um cartão-postal da loja do pai. Ainda por cima era de paisagem do Recife mesmo, onde morávamos, com suas pontes mais do que vistas. Atrás escrevia com letra bordadíssima palavras como "data natalícia" e "saudade". Mas que talento tinha para a crueldade. Ela toda era pura vingança, chupando balas com barulho. Como essa menina devia nos odiar, nós que éramos imperdoavelmente bonitinhas, esguias, altinhas, de cabelos livres. Comigo exerceu com calma ferocidade o seu sadismo. Na minha ânsia de ler, eu nem notava as humilhações a que ela me submetia: continuava a implorar-lhe emprestados os livros que ela não lia.

Até que veio para ela o magno dia de começar a exercer sobre mim uma tortura chinesa. Como casualmente, informou-me que possuía *As reinações de Narizinho*, de Monteiro Lobato.

Era um livro grosso, meu Deus, era um livro para se ficar vivendo com ele, comendo-o, dormindo-o. E completamente acima de minhas posses. Disse-me que eu passasse pela sua casa no dia seguinte e que ela o emprestaria.

Até o dia seguinte eu me transformei na própria esperança da alegria: eu não vivia, eu nadava devagar num mar suave, as ondas me levavam e me traziam.

No dia seguinte fui à sua casa, literalmente correndo. Ela não morava num sobrado como eu, e sim numa casa. Não me mandou entrar. Olhando bem para meus olhos, disse-me que havia emprestado o livro a outra menina, e que eu voltasse no dia seguinte para buscá-lo. Boquiaberta, saí devagar, mas em breve a esperança de novo me tomava toda e eu recomeçava na rua a andar pulando, que era o meu modo estranho de andar pelas ruas de Recife. Dessa vez nem caí: guiava-me a promessa do livro, o dia seguinte viria, os dias seguintes seriam mais tarde a minha vida inteira, o amor pelo mundo me esperava, andei pulando pelas ruas como sempre e não caí nenhuma vez.

Mas não ficou simplesmente nisso. O plano secreto da filha do dono de livraria era tranquilo e diabólico. No dia seguinte lá estava eu à porta de sua casa, com um sorriso e o coração batendo. Para ouvir a resposta calma: o livro ainda não estava em seu poder, que eu voltasse no dia seguinte. Mal sabia eu como mais tarde, no decorrer da vida, o drama do "dia seguinte" com ela ia se repetir com meu coração batendo.

E assim continuou. Quanto tempo? Não sei. Ela sabia que era tempo indefinido, enquanto o fel não escorresse todo de seu corpo grosso. Eu já começara a adivinhar que ela me escolhera para eu sofrer, às vezes adivinho. Mas, adivinhando mesmo, às vezes aceito: como se quem quer me fazer sofrer esteja precisando danadamente que eu sofra.

Quanto tempo? Eu ia diariamente à sua casa, sem faltar um dia sequer. Às vezes ela dizia: pois o livro esteve comigo ontem de tarde, mas você só veio de manhã, de modo que o emprestei a outra menina. E eu, que não era dada a olheiras, sentia as olheiras se cavando sob os meus olhos espantados.

Até que um dia, quando eu estava à porta de sua casa, ouvindo humilde e silenciosa a sua recusa, apareceu sua mãe. Ela devia estar estranhando a aparição muda e diária daquela menina à porta de sua casa. Pediu explicações a nós duas. Houve uma confusão silenciosa, entrecortada de palavras pouco elucidativas. A senhora achava cada vez mais estranho o fato de não estar entendendo. Até que essa mãe boa entendeu. Voltou-se para a filha e com enorme surpresa exclamou: mas este livro nunca saiu daqui de casa e você nem quis ler!

E o pior para essa mulher não era a descoberta do que acontecia. Devia ser a descoberta horrorizada da filha que tinha. Ela nos espiava em silêncio: a potência de perversidade de sua filha desconhecida e a menina loura em pé à porta, exausta, ao vento das ruas de Recife. Foi então que, finalmente se refazendo, disse firme e calma para a filha: você vai emprestar o livro agora mesmo. E para mim: "E você fica com o livro por quanto tempo quiser." Entendem? Valia mais do que me dar o livro: "pelo tempo que eu quisesse" é tudo o que uma pessoa, grande ou pequena, pode ter a ousadia de querer.

Como contar o que se seguiu? Eu estava estonteada, e assim recebi o livro na mão. Acho que eu não disse nada. Peguei o livro. Não, não saí pulando como sempre. Saí andando bem devagar. Sei que segurava o livro grosso com as duas mãos, comprimindo-o contra o peito. Quanto tempo levei até chegar em casa, também pouco importa. Meu peito estava quente, meu coração pensativo.

Chegando em casa, não comecei a ler. Fingia que não o tinha, só para depois ter o susto de o ter. Horas depois abri-o, li algumas linhas maravilhosas, fechei-o de novo, fui passear pela casa, adiei ainda mais indo comer pão com manteiga, fingi que não sabia onde guardara o livro, achava-o, abria-o por alguns instantes. Criava as mais falsas dificuldades para aquela coisa clandestina que era a felicidade. A felicidade sempre iria ser clandestina para mim. Parece que eu já pressentia. Como demorei! Eu vivia no ar... Havia orgulho e pudor em mim. Eu era uma rainha delicada.

Às vezes sentava-me na rede, balançando-me com o livro aberto no colo, sem tocá-lo, em êxtase puríssimo.

Não era mais uma menina com um livro: era uma mulher com o seu amante.

CONTO **Os desastres de Sofia**

DO LIVRO **A LEGIÃO ESTRANGEIRA**

APRESENTAÇÃO **Maria Bethânia**

Não posso fazer um texto sobre a Clarice. Minha admiração por ela e pelo trabalho dela, sua obra, me faz, me obriga a reconhecer que não sou capaz de comentar o que for sobre sua obra. É que sempre parece impossível pra mim dizer não a qualquer coisa sobre Clarice. Mas a consciência deve ser ouvida. A razão também. Não sou capaz. Sou muito pequena para tecer comentários sobre ela. Dizer textos dela posso, como intérprete. Daí a escrever sobre sua obra, ou escolha de sua obra, vai um longo caminho.

Qualquer que tivesse sido o seu trabalho anterior, ele o abandonara, mudara de profissão, e passara pesadamente a ensinar no curso primário: era tudo o que sabíamos dele.

O professor era gordo, grande e silencioso, de ombros contraídos. Em vez de nó na garganta, tinha ombros contraídos. Usava paletó curto demais, óculos sem aro, com um fio de ouro encimando o nariz grosso e romano. E eu era atraída por ele. Não amor, mas atraída pelo seu silêncio e pela controlada impaciência que ele tinha em nos ensinar e que, ofendida, eu adivinhara. Passei a me comportar mal na sala. Falava muito alto, mexia com os colegas, interrompia a lição com piadinhas, até que ele dizia, vermelho:

— Cale-se ou expulso a senhora da sala.

Ferida, triunfante, eu respondia em desafio: pode me mandar! Ele não mandava, senão estaria me obedecendo. Mas eu o exasperava tanto que se tornara doloroso para mim ser o objeto do ódio daquele homem que de certo modo eu amava. Não o amava como a mulher que eu seria um dia, amava-o como uma criança que tenta desastradamente proteger um adulto, com a cólera de quem ainda não foi covarde e vê um homem forte de ombros tão curvos. Ele me irritava. De noite, antes de dormir, ele me irritava. Eu tinha nove anos e pouco, dura idade como o talo não quebrado de uma begônia. Eu o espicaçava, e ao conseguir exacerbá-lo sentia na boca, em glória de martírio, a acidez insuportável da begônia quando é esmagada entre os dentes; e roía as unhas, exultante. De manhã, ao atravessar os portões da escola, pura como ia com meu café com leite e a cara lavada, era um choque deparar em carne e osso com o homem que me fizera devanear por um abismal minuto antes de dormir. Em superfície de tempo fora um minuto apenas, mas em profundidade eram velhos séculos de escuríssima doçura. De manhã – como se eu não tivesse contado com a existência real daquele que desencadeara meus negros sonhos de amor – de manhã, diante do homem grande com seu paletó curto, em choque eu era jogada na vergonha, na perplexidade e na assustadora esperança. A esperança era o meu pecado maior.

Cada dia renovava-se a mesquinha luta que eu encetara pela salvação daquele homem. Eu queria o seu bem, e em resposta ele me odiava. Contundida, eu me tornara o seu demônio e tormento, símbolo do inferno que devia ser para ele ensinar aquela turma risonha de desinteressados. Tornara-se um prazer já terrível o de não deixá-lo em paz. O jogo, como sempre, me fascinava. Sem saber que eu obedecia a velhas tradições, mas com uma sabedoria com que os ruins já nascem – aqueles ruins que roem as unhas de espanto —, sem saber que obedecia a uma das coisas que mais acontecem no mundo, eu estava sendo a prostituta e ele o santo. Não, talvez não seja isso. As palavras me antecedem e ultrapassam, elas me tentam e me modificam, e se não tomo cuidado será tarde demais: as coisas serão ditas sem eu as ter dito. Ou, pelo menos, não era apenas isso. Meu enleio vem de que um tapete é feito de tantos fios que não posso me resignar a seguir um fio só; meu enredamento vem de que uma história é feita de muitas histórias. E nem todas posso contar — uma palavra mais verdadeira poderia de eco em eco fazer desabar pelo despenhadeiro as minhas altas geleiras. Assim, pois, não falarei mais no sorvedouro que havia em mim enquanto eu devaneava antes de adormecer. Senão eu mesma terminarei pensando que era apenas essa macia voragem o que me impelia para ele, esquecendo minha desesperada abnegação. Eu me tornara a sua sedutora, dever que ninguém me impusera. Era de se lamentar que tivesse caído em minhas mãos erradas a tarefa de salvá-lo pela tentação, pois de todos os adultos e crianças daquele tempo eu era provavelmente a menos indicada. "Essa não é flor que se cheire", como dizia nossa empregada. Mas era como se, sozinha com um alpinista paralisado pelo terror do precipício, eu, por mais inábil que fosse, não pudesse senão tentar ajudá-lo a descer. O professor tivera a falta de sorte de ter sido logo a mais imprudente quem ficara sozinha com ele nos seus ermos. Por mais arriscado que fosse o meu lado, eu era obrigada a arrastá-lo para o meu lado, pois o dele era mortal. Era o que eu fazia, como uma criança importuna puxa um grande pela aba do paletó. Ele não olhava para trás, não perguntava o que eu queria, e livrava-se de mim com um safanão. Eu continuava a puxá-lo pelo paletó, meu único instrumento era a insistência. E disso tudo ele só percebia que eu lhe rasgava os bolsos. É verdade que nem eu mesma sabia ao certo o que fazia, minha vida com o professor era invisível. Mas eu sentia que meu papel era ruim e perigoso: impelia-me a voracidade por uma vida real que tardava, e pior que inábil, eu também tinha gosto em lhe rasgar os bolsos. Só Deus perdoaria o que eu era porque só Ele sabia do que me fizera e para o quê. Eu me deixava, pois, ser matéria d'Ele. Ser matéria de Deus era a minha única bondade. E a fonte de um nascente misticismo. Não misticismo por Ele, mas pela matéria d'Ele, mas pela vida crua e cheia de prazeres: eu era uma adoradora. Aceitava a vastidão do que eu não conhecia e a ela me confiava toda, com segredos de confessionário. Seria para as escuridões da ignorância que eu seduzia o professor? e com o ardor de uma freira na cela. Freira alegre e monstruosa, ai de mim. E nem disso eu poderia me vangloriar: na classe todos nós éramos igualmente monstruosos e suaves, ávida matéria de Deus.

Mas se me comoviam seus gordos ombros contraídos e seu paletozinho apertado, minhas gargalhadas só conseguiam fazer com que ele, fingindo a que custo me esquecer, mais contraído ficasse de tanto autocontrole. A antipatia que esse homem sentia por mim era tão forte que eu me detestava. Até que meus risos foram definitivamente substituindo minha delicadeza impossível.

Aprender eu não aprendia naquelas aulas. O jogo de torná-lo infeliz já me tomara demais. Suportando com desenvolta amargura as minhas pernas compridas e os sapatos sempre cambaios, humilhada por não ser uma flor, e sobretudo, torturada por uma infância enorme que eu temia nunca chegar a um fim — mais infeliz eu o tornava e sacudia com altivez a minha única riqueza: os cabelos escorridos que eu planejava ficarem um dia bonitos com permanente e que por conta do futuro eu já exercitava sacudindo-os. Estudar eu não estudava, confiava na minha vadiação sempre bem-sucedida e que também ela o professor tomava como mais uma provocação da menina odiosa. Nisso ele não tinha razão. A verdade é que não me sobrava tempo para estudar. As alegrias me ocupavam, ficar atenta me tomava dias e dias; havia os livros de história que eu lia roendo de paixão as unhas até o sabugo, nos meus primeiros êxtases de tristeza, refinamento que eu já descobrira; havia meninos que eu escolhera e que não me haviam escolhido, eu perdia horas de sofrimento porque eles eram inatingíveis, e mais outras horas de sofrimento aceitando-os com ternura, pois o homem era o meu rei da Criação; havia a esperançosa ameaça do pecado, eu me ocupava com medo em esperar; sem falar que estava permanentemente ocupada em querer e não querer ser o que eu era, não me decidia por qual de mim, toda eu é que não podia; ter nascido era cheio de erros a corrigir. Não, não era para irritar o professor que eu não estudava; só tinha tempo de crescer. O que eu fazia para todos os lados, com uma falta de graça que mais parecia o resultado de um erro de cálculo: as pernas não combinavam com os olhos, e a boca era emocionada enquanto as mãos se esgalhavam sujas — na minha pressa eu crescia sem saber para onde. O fato de um retrato da época me revelar, ao contrário, uma menina bem plantada, selvagem e suave, com olhos pensativos embaixo da franja pesada, esse retrato real não me desmente, só faz é revelar uma fantasmagórica estranha que eu não compreenderia se fosse a sua mãe. Só muito depois, tendo finalmente me organizado em corpo e sentindo-me fundamentalmente mais garantida, pude me aventurar e estudar um pouco; antes, porém, eu não podia me arriscar a aprender, não queria me disturbar — tomava intuitivo cuidado com o que eu era, já que eu não sabia o que era, e com vaidade cultivava a integridade da ignorância. Foi pena o professor não ter chegado a ver aquilo em que quatro anos depois inesperadamente eu me tornaria: aos treze anos, de mãos limpas, banho tomado, toda composta e bonitinha, ele me teria visto como um cromo de Natal à varanda de um sobrado. Mas, em vez dele, passara embaixo um ex-amiguinho meu, gritara alto o meu nome, sem perceber que eu já não era mais um moleque e sim uma jovem digna cujo nome não pode mais ser berrado pelas calçadas de uma cidade. "Que é?", indaguei do intruso com a maior frieza. Recebi então como resposta gritada a notícia de que o professor morrera naquela madrugada. E branca, de olhos muito abertos, eu olhara a rua vertiginosa a meus pés. Minha compostura quebrada como a de uma boneca partida.

Voltando a quatro anos atrás. Foi talvez por tudo o que contei, misturado e em conjunto, que escrevi a composição que o professor mandara, ponto de desenlace dessa história e começo de outras. Ou foi apenas por pressa de acabar de qualquer modo o dever para poder brincar no parque.

— Vou contar uma história, disse ele, e vocês façam a composição. Mas usando as palavras de vocês. Quem for acabando não precisa esperar pela sineta, já pode ir para o recreio.

O que ele contou: um homem muito pobre sonhara que descobrira um tesouro e ficara muito rico; acordando, arrumara sua trouxa, saíra em busca do tesouro; andara o mundo inteiro e continuava sem achar o tesouro; cansado, voltara para a sua pobre, pobre casinha; e como não tinha o que comer, começara a plantar no seu pobre quintal; tanto plantara, tanto colhera, tanto começara a vender que terminara ficando muito rico.

Ouvi com ar de desprezo, ostensivamente brincando com o lápis, como se quisesse deixar claro que suas histórias não me ludibriavam e que eu bem sabia quem ele era. Ele contara sem olhar uma só vez para mim. É que na falta de jeito de amá-lo e no gosto de persegui-lo, eu também o acossava com o olhar: a tudo o que ele dizia eu respondia com um simples olhar direto, do qual ninguém em sã consciência poderia me acusar. Era um olhar que eu tornava bem límpido e angélico, muito aberto, como o da candidez olhando o crime. E conseguia sempre o mesmo resultado: com perturbação ele evitava meus olhos, começando a gaguejar. O que me enchia de um poder que me amaldiçoava. E de piedade. O que por sua vez me irritava. Irritava-me que ele obrigasse uma porcaria de criança a compreender um homem.

Eram quase dez horas da manhã, em breve soaria a sineta do recreio. Aquele meu colégio, alugado dentro de um dos parques da cidade, tinha o maior campo de recreio que já vi. Era tão bonito para mim como seria para um esquilo ou um cavalo. Tinha árvores espalhadas, longas descidas e subidas e estendida relva. Não acabava nunca. Tudo ali era longe e grande, feito para pernas compridas de menina, com lugar para montes de tijolo e madeira de origem ignorada, para moitas de azedas begônias que nós comíamos, para sol e sombra onde as abelhas faziam mel. Lá cabia um ar livre imenso. E tudo fora vivido por nós: já tínhamos rolado de cada declive, intensamente cochichado atrás de cada monte de tijolo, comido de várias flores e em todos os troncos havíamos a canivete gravado datas, doces nomes feios e corações transpassados por flechas; meninos e meninas ali faziam o seu mel.

Eu estava no fim da composição e o cheiro das sombras escondidas já me chamava. Apressei-me. Como eu só sabia "usar minhas próprias palavras", escrever era simples. Apressava-me também o desejo de ser a primeira a atravessar a sala — o professor terminara por me isolar em quarentena na última carteira — e entregar-lhe insolente a composição, demonstrando-lhe assim minha rapidez, qualidade que me parecia essencial para se viver e que, eu tinha certeza, o professor só podia admirar.

Entreguei-lhe o caderno e ele o recebeu sem ao menos me olhar. Melindrada, sem um elogio pela minha velocidade, saí pulando para o grande parque.

A história que eu transcrevera em minhas próprias palavras era igual à que ele contara. Só que naquela época eu estava começando a "tirar a moral das histórias", o que, se me santificava, mais tarde ameaçaria sufocar-me em rigidez. Com alguma faceirice, pois, havia acrescentado as frases finais. Frases que horas depois eu lia e relia para ver o que nelas haveria de tão poderoso a ponto de enfim ter provocado o homem de um modo como eu própria não conseguira até então. Provavelmente o que o professor quisera deixar implícito na sua história triste é que o trabalho árduo era o único modo de se chegar a ter fortuna. Mas levianamente eu concluíra pela moral oposta: alguma coisa sobre o tesouro que se disfarça, que está onde menos se espera, que é só descobrir, acho que falei em sujos quintais com tesouros. Já não me lembro, não sei se foi exatamente isso. Não consigo imaginar com que palavras de criança teria eu exposto um sentimento simples mas que se torna pensamento complicado. Suponho que, arbitrariamente contrariando o sentido real da história, eu de algum modo já me prometia por escrito que o ócio, mais que o trabalho, me daria as grandes recompensas gratuitas, as únicas a que eu aspirava. É possível também que já então meu tema de vida fosse a irrazoável esperança, e que eu já tivesse iniciado a minha grande obstinação: eu daria tudo o que era meu por nada, mas queria que tudo me fosse dado por nada. Ao contrário do trabalhador da história, na composição eu sacudia dos ombros todos os deveres e dela saía livre e pobre, e com um tesouro na mão.

Fui para o recreio, onde fiquei sozinha com o prêmio inútil de ter sido a primeira, ciscando a terra, esperando impaciente pelos meninos que pouco a pouco começaram a surgir da sala.

No meio das violentas brincadeiras resolvi buscar na minha carteira não me lembro o quê, para mostrar ao caseiro do parque, meu amigo e protetor. Toda molhada de suor, vermelha de uma felicidade irrepresável que se fosse em casa me valeria uns tapas — voei em direção à sala de aula, atravessei-a correndo, e tão estabanada que não vi o professor a folhear os cadernos empilhados sobre a mesa. Já tendo na mão a coisa que eu fora buscar, e iniciando outra corrida de volta — só então meu olhar tropeçou no homem.

Sozinho à cátedra: ele me olhava.

Era a primeira vez que estávamos frente a frente, por nossa conta. Ele me olhava. Meus passos, de vagarosos, quase cessaram.

Pela primeira vez eu estava só com ele, sem o apoio cochichado da classe, sem a admiração que minha afoiteza provocava. Tentei sorrir, sentindo que o sangue me sumia do rosto. Uma gota de suor correu-me pela testa. Ele me olhava. O olhar era uma pata macia e pesada sobre mim. Mas se a pata era suave, tolhia-me toda como a de um gato que sem pressa prende o rabo do rato. A gota de suor foi descendo pelo nariz e pela boca, dividindo ao meio o meu sorriso. Apenas isso: sem uma expressão no olhar, ele me olhava. Comecei a costear a parede de olhos baixos, prendendo-me toda a meu sorriso, único traço de um rosto que já perdera os contornos. Nunca havia percebido como era comprida a sala de aula; só agora, ao lento passo do medo, eu via o seu tamanho real. Nem a minha falta de tempo me deixara perceber até então como eram austeras e altas as paredes; e duras, eu sentia a parede dura na palma da mão. Num pesadelo, do qual sorrir fazia parte, eu mal acreditava poder alcançar o âmbito da porta — de onde eu correria, ah como correria! a me refugiar no meio de meus iguais, as crianças. Além de me concentrar no sorriso, meu zelo minucioso era o de não fazer barulho com os pés, e assim eu aderia à natureza íntima de um perigo do qual tudo o mais eu desconhecia. Foi num arrepio que me adivinhei de repente como num espelho: uma coisa úmida se encostando à parede, avançando devagar na ponta dos pés, e com um sorriso cada vez mais intenso. Meu sorriso cristalizara a sala em silêncio, e mesmo os ruídos que vinham do parque escorriam pelo lado de fora do silêncio. Cheguei finalmente à porta, e o coração imprudente pôs-se a bater alto demais sob o risco de acordar o gigantesco mundo que dormia.

Foi quando ouvi meu nome.

De súbito pregada ao chão, com a boca seca, ali fiquei de costas para ele sem coragem de me voltar. A brisa que vinha pela porta acabou de secar o suor do corpo. Virei-me devagar, contendo dentro dos punhos cerrados o impulso de correr.

Ao som de meu nome a sala se desipnotizara.

E bem devagar vi o professor todo inteiro. Bem devagar vi que o professor era muito grande e muito feio, e que ele era o homem de minha vida. O novo e grande medo. Pequena, sonâmbula, sozinha, diante daquilo a que a minha fatal liberdade finalmente me levara. Meu sorriso, tudo o que sobrara de um rosto, também se apagara. Eu era dois pés endurecidos no chão e um coração que de tão vazio parecia morrer de sede. Ali fiquei, fora do alcance do homem. Meu coração morria de sede, sim. Meu coração morria de sede.

Calmo como antes de friamente matar ele disse:

— Chegue mais perto...

Como é que um homem se vingava?

Eu ia receber de volta em pleno rosto a bola de mundo que eu mesma lhe jogara e que nem por isso me era conhecida. Ia receber de volta uma realidade que não teria existido se eu não a tivesse temerariamente adivinhado e assim lhe dado vida. Até que ponto aquele homem, monte de compacta tristeza, era também monte de fúria? Mas meu passado era agora tarde demais. Um arrependimento estoico manteve erecta a minha cabeça. Pela primeira vez a ignorância, que até então fora o meu grande guia, desamparava-me. Meu pai estava no trabalho, minha mãe morrera há meses. Eu era o único eu.

— ... Pegue o seu caderno..., acrescentou ele.

A surpresa me fez subitamente olhá-lo. Era só isso, então!? O alívio inesperado foi quase mais chocante que o meu susto anterior. Avancei um passo, estendi a mão gaguejante.

Mas o professor ficou imóvel e não entregou o caderno.

Para a minha súbita tortura, sem me desfitar, foi tirando lentamente os óculos. E olhou-me com olhos nus que tinham muitos cílios. Eu nunca tinha visto seus olhos que, com as inúmeras pestanas, pareciam duas baratas doces. Ele me olhava. E eu não soube como existir na frente de um homem. Disfarcei olhando o teto, o chão, as paredes, e mantinha a mão ainda estendida porque não sabia como recolhê-la. Ele me olhava manso, curioso, com os olhos despenteados como se tivesse acordado. Iria ele me amassar com mão inesperada? Ou exigir que eu me ajoelhasse e pedisse perdão. Meu fio de esperança era que ele não soubesse o que eu lhe tinha feito, assim como eu mesma já não sabia, na verdade eu nunca soubera.

— Como é que lhe veio a ideia do tesouro que se disfarça?
— Que tesouro? — murmurei atoleimada.

Ficamos nos fitando em silêncio.

— Ah, o tesouro!, precipitei-me de repente mesmo sem entender, ansiosa por admitir qualquer falta, implorando-lhe que meu castigo consistisse apenas em sofrer para sempre de culpa, que a tortura eterna fosse a minha punição, mas nunca essa vida desconhecida.

— O tesouro que está escondido onde menos se espera. Que é só descobrir. Quem lhe disse isso?

O homem enlouqueceu, pensei, pois que tinha a ver o tesouro com aquilo tudo? Atônita, sem compreender, e caminhando de inesperado a inesperado, pressenti no entanto um terreno menos perigoso. Nas minhas corridas eu aprendera a me levantar das quedas mesmo quando mancava, e me refiz logo: "foi a composição do tesouro! esse então deve ter sido o meu erro!" Fraca, e embora pisando cuidadosa na nova e escorregadia segurança, eu no entanto já me levantara o bastante da minha queda para poder sacudir, numa imitação da antiga arrogância, a futura cabeleira ondulada:

— Ninguém, ora..., respondi mancando. Eu mesma inventei, disse trêmula, mas já recomeçando a cintilar.

Se eu ficara aliviada por ter alguma coisa enfim concreta com que lidar, começava no entanto a me dar conta de algo muito pior. A súbita falta de raiva nele. Olhei-o intrigada, de viés. E aos poucos desconfiadíssima. Sua falta de raiva começara a me amedrontar, tinha ameaças novas que eu não compreendia. Aquele olhar que não me desfitava — e sem cólera... Perplexa, e a troco de nada, eu perdia o meu inimigo e sustento. Olhei-o surpreendida. Que é que ele queria de mim? Ele me constrangia. E seu olhar sem raiva passara a me importunar mais do que a brutalidade que eu temera. Um medo pequeno, todo frio e suado, foi me tomando. Devagar, para ele não perceber, recuei as costas até encontrar atrás delas a parede, e depois a cabeça recuou até não ter mais para onde ir. Daquela parede onde eu me engastara toda, furtivamente olhei-o.

E meu estômago se encheu de uma água de náusea. Não sei contar.

Eu era uma menina muito curiosa e, para a minha palidez, eu vi. Eriçada, prestes a vomitar, embora até hoje não saiba ao certo o que vi. Mas sei que vi. Vi tão fundo quanto numa boca, de chofre eu via o abismo do mundo. Aquilo que eu via era anônimo como uma barriga aberta para uma operação de intestinos. Vi uma coisa se fazendo na sua cara — o mal-estar já petrificado subia com esforço até a sua pele, vi a careta vagarosamente hesitando e quebrando uma crosta — mas essa coisa que em muda catástrofe se desenraizava, essa coisa ainda se parecia tão pouco com um sorriso como se um fígado ou um pé tentassem sorrir, não sei. O que vi, vi tão de perto que não sei o que vi. Como se meu olho curioso se tivesse colado ao buraco da fechadura e em choque deparasse do outro lado com outro olho colado me olhando. Eu vi dentro de um olho. O que era tão incompreensível como um olho. Um olho aberto com sua gelatina móvel. Com suas lágrimas orgânicas. Por si mesmo o olho chora, por si mesmo o olho ri. Até que o esforço do homem foi se completando todo atento, e em vitória infantil ele mostrou, pérola arrancada da barriga aberta — que estava sorrindo. Eu vi um homem com entranhas sorrindo. Via sua apreensão extrema em não errar, sua aplicação de aluno lento, a falta de jeito como se de súbito ele se tivesse tornado canhoto. Sem entender, eu sabia que pediam de mim que eu recebesse a entrega dele e de sua barriga aberta, e que eu recebesse o seu peso de homem. Minhas costas forçaram desesperadamente a parede, recuei — era cedo demais para eu ver tanto. Era cedo demais para eu ver como nasce a vida. Vida nascendo era tão mais sangrento do que morrer. Morrer é ininterrupto. Mas ver matéria inerte lentamente tentar se erguer como um grande morto-vivo... Ver a esperança me aterrorizava, ver a vida me embrulhava o estômago. Estavam pedindo demais de minha coragem só porque eu era corajosa, pediam minha força só porque eu era forte. "Mas e eu?", gritei dez anos depois por motivos de amor perdido, "quem virá jamais à minha fraqueza!" Eu o olhava surpreendida, e para sempre não soube o que vi, o que eu vira poderia cegar os curiosos.

Então ele disse, usando pela primeira vez o sorriso que aprendera:

— Sua composição do tesouro está tão bonita. O tesouro que é só descobrir. Você... — ele nada acrescentou por um momento. Perscrutou-me suave, indiscreto, tão meu íntimo como se ele fosse o meu coração. — Você é uma menina muito engraçada, disse afinal.

Foi a primeira vergonha real de minha vida. Abaixei os olhos, sem poder sustentar o olhar indefeso daquele homem a quem eu enganara.

Sim, minha impressão era a de que, apesar de sua raiva, ele de algum modo havia confiado em mim, e que então eu o enganara com a lorota do tesouro. Naquele tempo eu pensava que tudo o que se inventa é mentira, e somente a consciência atormentada do pecado me redimia do vício. Abaixei os olhos com vergonha. Preferia sua cólera antiga, que me ajudara na minha luta contra mim mesma, pois coroava de insucesso os meus métodos e talvez terminasse um dia me corrigindo: eu não queria era esse agradecimento que não só era a minha pior punição, por eu não merecê-lo, como vinha encorajar minha vida errada que eu tanto temia, viver errado me atraía. Eu bem quis lhe avisar que não se acha tesouro à toa. Mas, olhando-o, desanimei: faltava-me a coragem de desiludi-lo. Eu já me habituara a proteger a alegria dos outros, a de meu pai, por exemplo, que era mais desprevenido que eu. Mas como me foi difícil engolir a seco essa alegria que tão irresponsavelmente eu causara! Ele parecia um mendigo que agradecesse o prato de comida sem perceber que lhe haviam dado carne estragada. O sangue me subira ao rosto, agora tão quente que pensei estar com os olhos injetados, enquanto ele, provavelmente em novo engano, devia pensar que eu corara de prazer ao elogio. Naquela mesma noite aquilo tudo se transformaria em incoercível crise de vômitos que manteria acesas todas as luzes de minha casa.

— Você — repetiu então ele lentamente como se aos poucos estivesse admitindo com encantamento o que lhe viera por acaso à boca —, você é uma menina muito engraçada, sabe? Você é uma doidinha..., disse usando outra vez o sorriso como um menino que dorme com os sapatos novos. Ele nem ao menos sabia que ficava feio quando sorria. Confiante, deixava-me ver a sua feiura, que era a sua parte mais inocente.

Tive que engolir como pude a ofensa que ele me fazia ao acreditar em mim, tive que engolir a piedade por ele, a vergonha por mim, "tolo!", pudesse eu lhe gritar, "essa história de tesouro disfarçado foi inventada, é coisa só para menina!" Eu tinha muita consciência de ser uma criança, o que explicava todos os meus graves defeitos, e pusera tanta fé em um dia crescer — e aquele homem grande se deixara enganar por uma menina safadinha. Ele matava em mim pela primeira vez a minha fé nos adultos: também ele, um homem, acreditava como eu nas grandes mentiras...

... E de repente, com o coração batendo de desilusão, não suportei um instante mais — sem ter pegado o caderno corri para o parque, a mão na boca como se me tivessem quebrado os dentes. Com a mão na boca, horrorizada, eu corria, corria para nunca parar, a prece profunda não é aquela que pede, a prece mais profunda é a que não pede mais — eu corria, eu corria muito espantada.

Na minha impureza eu havia depositado a esperança de redenção nos adultos. A necessidade de acreditar na minha bondade futura fazia com que eu venerasse os grandes, que eu fizera à minha imagem, mas a uma imagem de mim enfim purificada pela penitência do crescimento, enfim liberta da alma suja de menina. E tudo isso o professor agora destruía, e destruía meu amor por ele e por mim. Minha salvação seria impossível: aquele homem também era eu. Meu amargo ídolo que caíra ingenuamente nas artimanhas de uma criança confusa e sem candura, e que se deixara docilmente guiar pela minha diabólica inocência... Com a mão apertando a boca, eu corria pela poeira do parque.

Quando enfim me dei conta de estar bem longe da órbita do professor, sofreei exausta a corrida, e quase a cair encostei-me em todo o meu peso no tronco de uma árvore, respirando alto, respirando. Ali fiquei ofegante e de olhos fechados, sentindo na boca o amargo empoeirado do tronco, os dedos mecanicamente passando e repassando pelo duro entalhe de um coração com flecha. E de repente, apertando os olhos fechados, gemi entendendo um pouco mais: estaria ele querendo dizer que... que eu era um tesouro disfarçado? O tesouro onde menos se espera... Oh não, não, coitadinho dele, coitado daquele rei da Criação, de tal modo precisara... de quê? de que precisara ele?... que até eu me transformara em tesouro.

Eu ainda tinha muito mais corrida dentro de mim, forcei a garganta seca a recuperar o fôlego, e empurrando com raiva o tronco da árvore recomecei a correr em direção ao fim do mundo.

Mas ainda não divisara o fim sombreado do parque, e meus passos foram se tornando mais vagarosos, excessivamente cansados. Eu não podia mais. Talvez por cansaço, mas eu sucumbia. Eram passos cada vez mais lentos e a folhagem das árvores se balançava lenta. Eram passos um pouco deslumbrados. Em hesitação fui parando, as árvores rodavam altas. É que uma doçura toda estranha fatigava meu coração. Intimidada, eu hesitava. Estava sozinha na relva, mal em pé, sem nenhum apoio, a mão no peito cansado como a de uma virgem anunciada. E de cansaço abaixando àquela suavidade primeira uma cabeça finalmente humilde que de muito longe talvez lembrasse a de uma mulher. A copa das árvores se balançava para a frente, para trás. "Você é uma menina muito engraçada, você é uma doidinha", dissera ele. Era como um amor.

Não, eu não era engraçada. Sem nem ao menos saber, eu era muito séria. Não, eu não era doidinha, a realidade era o meu destino, e era o que em mim doía nos outros. E, por Deus, eu não era um tesouro. Mas se eu antes já havia descoberto em mim todo o ávido veneno com que se nasce e com que se rói a vida – só naquele instante de mel e flores descobria de que modo eu curava: quem me amasse, assim eu teria curado quem sofresse de mim. Eu era a escura ignorância com suas fomes e risos, com as pequenas mortes alimentando a minha vida inevitável – que podia eu fazer? eu já sabia que eu era inevitável. Mas se eu não prestava, eu fora tudo o que aquele homem tivera naquele momento. Pelo menos uma vez ele teria que amar, e sem ser a ninguém – através de alguém. E só eu estivera ali. Se bem que esta fosse a sua única vantagem: tendo apenas a mim, e obrigado a iniciar-se amando o ruim, ele começara pelo que poucos chegavam a alcançar. Seria fácil demais querer o limpo; inalcançável pelo amor era o feio, amar o impuro era a nossa mais profunda nostalgia. Através de mim, a difícil de se amar, ele recebera, com grande caridade por si mesmo, aquilo de que somos feitos. Entendia eu tudo isso? Não. E não sei o que na hora entendi. Mas assim como por um instante no professor eu vira com aterrorizado fascínio o mundo — e mesmo agora ainda não sei o que vi, só que para sempre e em um segundo eu vi — assim eu nos entendi, e nunca saberei o que entendi. Nunca saberei o que eu entendo. O que quer que eu tenha entendido no parque foi, com um choque de doçura, entendido pela minha ignorância. Ignorância que ali em pé — numa solidão sem dor, não menor que a das árvores — eu recuperava inteira, a ignorância e a sua verdade incompreensível. Ali estava eu, a menina esperta demais, e eis que tudo o que em mim não prestava servia a Deus e aos homens. Tudo o que em mim não prestava era o meu tesouro.

Como uma virgem anunciada, sim. Por ele me ter permitido que eu o fizesse enfim sorrir, por isso ele me anunciara. Ele acabara de me transformar em mais do que o rei da Criação: fizera de mim a mulher do rei da Criação. Pois logo a mim, tão cheia de garras e sonhos, coubera arrancar de seu coração a flecha farpada. De chofre explicava-se para que eu nascera com mão dura, e para que eu nascera sem nojo da dor. Para que te servem essas unhas longas? Para te arranhar de morte e para arrancar os teus espinhos mortais, responde o lobo do homem. Para que te serve essa cruel boca de fome? Para te morder e para soprar a fim de que eu não te doa demais, meu amor, já que tenho que te doer, eu sou o lobo inevitável pois a vida me foi dada. Para que te servem essas mãos que ardem e prendem? Para ficarmos de mãos dadas, pois preciso tanto, tanto, tanto — uivaram os lobos, e olharam intimidados as próprias garras antes de se aconchegarem um no outro para amar e dormir.

... E foi assim que no grande parque do colégio lentamente comecei a aprender a ser amada, suportando o sacrifício de não merecer, apenas para suavizar a dor de quem não ama. Não, esse foi somente um dos motivos. É que os outros fazem outras histórias. Em algumas foi de meu coração que outras garras cheias de duro amor arrancaram a flecha farpada, e sem nojo de meu grito.

CONTO **A imitação da rosa**

DO LIVRO **LAÇOS DE FAMÍLIA**

APRESENTAÇÃO **Marina Colasanti**

MEU IRMÃO E EU JUNTÁVAMOS dinheiro de mesada para comprar a revista *Senhor*, alternando o direito de primazia na leitura. E ali a encontrei. Não Clarice, de quem eu ia em busca, mas Laura, por quem não esperava. E Laura abriu em mim um abismo.

Tão corriqueira, Laura, traçada em tantos tons castanhos como um quadro antigo. Nela, na casa, no bairro, na roupa que vestirá para jantar com Armando, e nele também, nenhuma cor, nada que se destaque ou grite, só murmúrios e veladuras sobrepostas de um mesmo, idêntico, marrom. Um disfarce, esse marrom, poeira densa que encobre a luminosa ausência, o espaço sem pressa e sem sono de onde Laura veio e ao qual, irremediavelmente, regressará no fim.

Como quando "tira-se de uma mesa limpa um objeto e pela marca mais limpa que ficou então se vê que ao redor havia poeira", assim Laura, ao sair da normalidade da sala para ingressar na perfeição das rosas, me deu a ver a loucura. Não aquela alucinada à qual todos acreditam-se afeitos, mas outra, de aço e silêncio, até então desconhecida à minha alma adolescente. Foi como ver o reverso, o sempre oculto. E eu soube que Clarice havia estado lá, como artista ou como pessoa, pouco importa, e que através de Laura avisava: ele espreita.

Antes que Armando voltasse do trabalho a casa deveria estar arrumada e ela própria já no vestido marrom para que pudesse atender o marido enquanto ele se vestia, e então sairiam com calma, de braço dado como antigamente. Há quanto tempo não faziam isso?

Mas agora que ela estava de novo "bem", tomariam o ônibus, ela olhando como uma esposa pela janela, o braço no dele, e depois jantariam com Carlota e João, recostados na cadeira com intimidade. Há quanto tempo não via Armando enfim se recostar com intimidade e conversar com um homem? A paz de um homem era, esquecido de sua mulher, conversar com outro homem sobre o que saía nos jornais. Enquanto isso ela falaria com Carlota sobre coisas de mulheres, submissa à bondade autoritária e prática de Carlota, recebendo enfim de novo a desatenção e o vago desprezo da amiga, a sua rudeza natural, e não mais aquele carinho perplexo e cheio de curiosidade — e vendo enfim Armando esquecido da própria mulher. E ela mesma, enfim, voltando à insignificância com reconhecimento. Como um gato que passou a noite fora e, como se nada tivesse acontecido, encontrasse sem uma palavra um pires de leite esperando. As pessoas felizmente ajudavam a fazê-la sentir que agora estava "bem". Sem a fitarem, ajudavam-na ativamente a esquecer, fingindo elas próprias o esquecimento como se tivessem lido a mesma bula do mesmo vidro de remédio. Ou tinham esquecido realmente, quem sabe. Há quanto tempo não via Armando enfim se recostar com abandono, esquecido dela? E ela mesma?

Interrompendo a arrumação da penteadeira, Laura olhou-se ao espelho: e ela mesma, há quanto tempo? Seu rosto tinha uma graça doméstica, os cabelos eram presos com grampos atrás das orelhas grandes e pálidas. Os olhos marrons, os cabelos marrons, a pele morena e suave, tudo dava a seu rosto já não muito moço um ar modesto de mulher. Por acaso alguém veria, naquela mínima ponta de surpresa que havia no fundo de seus olhos, alguém veria nesse mínimo ponto ofendido a falta dos filhos que ela nunca tivera?

Com seu gosto minucioso pelo método – o mesmo que a fazia quando aluna copiar com letra perfeita os pontos da aula sem compreendê-los – com seu gosto pelo método, agora reassumido, planejava arrumar a casa antes que a empregada saísse de folga para que, uma vez Maria na rua, ela não precisasse fazer mais nada, senão 1°) calmamente vestir-se; 2°) esperar Armando já pronta; 3°) o terceiro o que era? Pois é. Era isso mesmo o que faria. E poria o vestido marrom com gola de renda creme. Com seu banho tomado. Já no tempo do Sacré Coeur ela fora arrumada e limpa, com um gosto pela higiene pessoal e um certo horror à confusão. O que não fizera nunca com que Carlota, já naquele tempo um pouco original, a admirasse. A reação das duas sempre fora diferente. Carlota ambiciosa e rindo com força: ela, Laura, um pouco lenta, e por assim dizer cuidando em se manter sempre lenta; Carlota não vendo perigo em nada. E ela cuidadosa. Quando lhe haviam dado para ler a *Imitação de Cristo*, com um ardor de burra ela lera sem entender mas, que Deus a perdoasse, ela sentira que quem imitasse Cristo estaria perdido – perdido na luz, mas perigosamente perdido. Cristo era a pior tentação. E Carlota nem ao menos quisera ler, mentira para a freira dizendo que tinha lido. Pois é. Poria o vestido marrom com gola de renda verdadeira.

Mas quando viu as horas lembrou-se, num sobressalto que a fez levar a mão ao peito, que se esquecera de tomar o copo de leite.

Encaminhou-se para a cozinha e, como se tivesse culposamente traído com seu descuido Armando e os amigos devotados, ainda junto da geladeira bebeu os primeiros goles com um devagar ansioso, concentrando-se em cada gole com fé como se estivesse indenizando a todos e se penitenciando. Se o médico dissera: "Tome leite entre as refeições, nunca fique com o estômago vazio pois isso dá ansiedade" – então, mesmo sem ameaça de ansiedade, ela tomava sem discutir gole por gole, dia após dia, não falhara nunca, obedecendo de olhos fechados, com um ligeiro ardor para que não pudesse enxergar em si a menor incredulidade. O embaraçante é que o médico parecia contradizer-se quando, ao mesmo tempo que recomendava uma ordem precisa que ela queria seguir com o zelo de uma convertida, dissera também: "Abandone-se, tente tudo suavemente, não se esforce por conseguir — esqueça completamente o que aconteceu e tudo voltará com naturalidade." E lhe dera uma palmada nas costas, o que a lisonjeara e a fizera corar de prazer. Mas na sua humilde opinião uma ordem parecia anular a outra, como se lhe pedissem para comer farinha e assobiar ao mesmo tempo. Para fundi-las numa só ela passara a usar um engenho: aquele copo de leite que terminara por ganhar um secreto poder, que tinha dentro de cada gole quase o gosto de uma palavra e renovava a forte palmada nas costas, aquele copo de leite ela o levava à sala, onde se sentava "com muita naturalidade", fingindo falta de interesse, "não se esforçando" — e assim cumprindo espertamente a segunda ordem. "Não tem importância que eu engorde", pensou, o principal nunca fora a beleza.

Sentou-se no sofá como se fosse uma visita na sua própria casa que, tão recentemente recuperada, arrumada e fria, lembrava a tranquilidade de uma casa alheia. O que era tão satisfatório: ao contrário de Carlota, que fizera de seu lar algo parecido com ela própria, Laura tinha tal prazer em fazer de sua casa uma coisa impessoal; de certo modo perfeita por ser impessoal.

Oh como era bom estar de volta, realmente de volta, sorriu ela satisfeita. Segurando o copo quase vazio, fechou os olhos com um suspiro de cansaço bom. Passara a ferro as camisas de Armando, fizera listas metódicas para o dia seguinte, calculara minuciosamente o que gastara de manhã na feira, não parara na verdade um instante sequer. Oh como era bom estar de novo cansada.

Se uma pessoa perfeita do planeta Marte descesse e soubesse que as pessoas da Terra se cansavam e envelheciam, teria pena e espanto. Sem entender jamais o que havia de bom em ser gente, em sentir-se cansada, em diariamente falir; só os iniciados compreenderiam essa nuance de vício e esse refinamento de vida.

    E ela retornara enfim da perfeição do planeta Marte. Ela, que nunca ambicionara senão ser a mulher de um homem, reencontrava grata sua parte diariamente falível. De olhos fechados suspirou reconhecida. Há quanto tempo não se cansava? Mas agora sentia-se todos os dias quase exausta e passara, por exemplo, as camisas de Armando, sempre gostara de passar a ferro e, sem modéstia, era uma passadeira de mão cheia. E depois ficava exausta como uma recompensa. Não mais aquela falta alerta de fadiga. Não mais aquele ponto vazio e acordado e horrivelmente maravilhoso dentro de si. Não mais aquela terrível independência. Não mais a facilidade monstruosa e simples de não dormir – nem de dia nem de noite – que na sua discrição a fizera subitamente super-humana em relação a um marido cansado e perplexo. Ele, com aquele hálito que tinha quando estava mudo de preocupação, o que dava a ela uma piedade pungente, sim, mesmo dentro de sua perfeição acordada, a piedade e o amor, ela super-humana e tranquila no seu isolamento brilhante, e ele, quando tímido, vinha visitá-la levando maçãs e uvas que a enfermeira com um levantar de ombros comia, ele fazendo visita de cerimônia como um namorado, com o hálito infeliz e um sorriso fixo, esforçando-se no seu heroísmo por compreender, ele que a recebera de um pai e de um padre, e que não sabia o que fazer com essa moça da Tijuca que inesperadamente, como um barco tranquilo se empluma nas águas, se tornara super-humana.

    Agora, nada mais disso. Nunca mais. Oh, fora apenas uma fraqueza; o gênio era a pior tentação. Mas depois ela voltara tão completamente que até já começava de novo a precisar de tomar cuidado para não amolar os outros com seu velho gosto pelo detalhe. Ela bem se lembrava das colegas do Sacré Coeur lhe dizendo: "Você já contou isso mil vezes!", ela se lembrava com um sorriso constrangido. Voltara tão completamente: agora todos os dias ela se cansava, todos os dias seu rosto decaía ao entardecer, e a noite então tinha a sua antiga finalidade, não era apenas a perfeita noite estrelada. E tudo se completava harmonioso. E, como para todo o mundo, cada dia a fatigava; como todo o mundo, humana e perecível. Não mais aquela perfeição, não mais aquela juventude. Não mais aquela coisa que um dia se alastrara clara, como um câncer, a sua alma.

Abriu os olhos pesados de sono, sentindo o bom copo sólido nas mãos, mas fechou-os de novo com um sorriso confortável de cansaço, banhando-se como um novo-rico em todas as suas partículas, nessa água familiar e ligeiramente enjoativa. Sim, ligeiramente enjoativa; que importância tinha, pois se também ela era um pouco enjoativa, bem sabia. Mas o marido não achava, e então que importância tinha, pois se graças a Deus ela não vivia num ambiente que exigisse que ela fosse mais arguta e interessante, e até do ginásio, que tão embaraçosamente exigira que ela fosse alerta, ela se livrara. Que importância tinha. No cansaço – passara as camisas de Armando, sem contar que fora de manhã à feira e demorara tanto lá, com aquele gosto que tinha em fazer as coisas renderem – no cansaço havia um lugar bom para ela, o lugar discreto e apagado de onde, com tanto constrangimento para si e para os outros, saíra uma vez. Mas como ia dizendo, graças a Deus, voltara.

E se procurasse com mais crença e amor, encontraria dentro do cansaço aquele lugar ainda melhor que seria o sono. Suspirou com prazer, por um momento de travessura maliciosa tentada a ir de encontro ao hálito morno que era sua respiração já sonolenta, por um instante tentada a cochilar. "Um instante só, só um instantezinho!", pediu-se lisonjeada por ter tanto sono, pedia cheia de manha, como se pedisse a um homem, o que sempre agradara muito Armando.

Mas não tinha verdadeiramente tempo de dormir agora, nem sequer de tirar um cochilo — pensou vaidosa e com falsa modéstia, ela era uma pessoa tão ocupada! sempre invejara as pessoas que diziam "não tive tempo" e agora ela era de novo uma pessoa tão ocupada: iam jantar com Carlota e tudo tinha que estar ordeiramente pronto, era o primeiro jantar fora desde que voltara e ela não queria chegar atrasada, tinha que estar pronta quando... bem, eu já disse isso mil vezes, pensou encabulada. Bastaria dizer uma só vez: "não queria chegar atrasada" — pois isso era motivo suficiente: se nunca suportara sem enorme vexame ser um transtorno para alguém, agora então, mais que nunca, não deveria... Não, não havia a menor dúvida: não tinha tempo de dormir. O que devia fazer, mexendo-se com familiaridade naquela íntima riqueza da rotina — e magoava-a que Carlota desprezasse seu gosto pela rotina — o que devia fazer era 1°) esperar que a empregada estivesse pronta; 2°) dar-lhe o dinheiro para ela já trazer a carne de manhã, chã de dentro; como explicar que a dificuldade de achar carne boa era até um assunto bom, mas se Carlota soubesse a desprezaria; 3°) começar minuciosamente a se lavar e a se vestir, entregando-se sem reserva ao prazer de fazer o tempo render. O vestido marrom combinava com seus olhos e a golinha de renda creme dava-lhe alguma coisa de infantil, como um menino antigo. E, de volta à paz noturna da Tijuca – não mais aquela luz cega das enfermeiras penteadas e alegres saindo para as folgas depois de tê-la lançado como a uma galinha indefesa no abismo da insulina –, de volta à paz noturna da Tijuca, de volta à sua verdadeira vida: ela iria de braço dado com Armando, andando devagar para o ponto do ônibus, com aquelas coxas baixas e grossas que a cinta empacotava numa só fazendo dela uma "senhora distinta"; mas quando, sem jeito, ela dizia a Armando que isso vinha de insuficiência ovariana, ele, que se sentia lisonjeado com as coxas de sua mulher, respondia com muita audácia: "De que me adiantava casar com uma bailarina?", era isso o que ele respondia. Ninguém diria, mas Armando podia ser às vezes muito malicioso, ninguém diria. De vez em quando eles diziam a mesma coisa. Ela explicava que era por causa de insuficiência ovariana. Então ele falava assim: "De que é que me adiantava ser casado com uma bailarina?" Às vezes ele era muito sem-vergonha, ninguém diria. Carlota ficaria espantada se soubesse que eles também tinham vida íntima e coisas a não contar, mas ela não contaria, era uma pena não poder contar, Carlota na certa pensava que ela era apenas ordeira e comum e um pouco chata, e se ela era obrigada a tomar cuidado para não importunar os outros com detalhes, com Armando ela às vezes relaxava e era chatinha, o que não tinha importância porque ele fingia que ouvia mas não ouvia tudo o que ela lhe contava, o que não a magoava, ela compreendia perfeitamente bem que suas conversas cansavam um pouquinho uma pessoa, mas era bom poder lhe contar que não encontrara carne mesmo que Armando balançasse a cabeça e não ouvisse, a empregada e ela conversavam muito, na verdade mais ela mesma que a empregada, e ela também tomava cuidado para não cacetear a empregada que às vezes continha a impaciência e ficava um pouco malcriada, a culpa era mesmo sua porque nem sempre ela se fazia respeitar.

 Mas, como ela ia dizendo, de braço dado, baixinha e ele alto e magro, mas ele tinha saúde graças a Deus, e ela castanha. Ela castanha como obscuramente achava que uma esposa devia ser. Ter cabelos pretos ou louros eram um excesso que, na sua vontade de acertar, ela nunca ambicionara. Então, em matéria de olhos verdes, parecia-lhe que se tivesse olhos verdes seria como se não dissesse tudo a seu marido. Não é que Carlota desse propriamente o que falar, mas ela, Laura — que se tivesse oportunidade a defenderia ardentemente, mas nunca tivera a oportunidade — ela, Laura, era obrigada a contragosto a concordar que a amiga tinha um modo esquisito e engraçado de tratar o marido, oh não por ser "de igual para igual", pois isso agora se usava, mas você sabe o que quero dizer. E Carlota era até um pouco original, isso até ela já comentara uma vez com Armando e Armando concordara mas não dera muita importância. Mas, como ela ia dizendo, de marrom com a golinha... — o devaneio enchia-a com o mesmo gosto que tinha em arrumar gavetas, chegava a desarrumá-las para poder arrumá-las de novo.

 Abriu os olhos, e como se fosse a sala que tivesse tirado um cochilo e não ela, a sala parecia renovada e repousada com suas poltronas escovadas e as cortinas que haviam encolhido na última lavagem, com calças curtas demais e a pessoa olhando cômica para as próprias pernas. Oh como era bom rever tudo arrumado e sem poeira, tudo limpo pelas suas próprias mãos destras, e tão silencioso, e com um jarro de flores, como uma sala de espera. Sempre achara lindo uma sala de espera, tão respeitoso, tão impessoal. Como era rica a vida comum, ela que enfim voltara da extravagância. Até um jarro de flores. Olhou-o.

— Ah como são lindas, exclamou seu coração de repente um pouco infantil. Eram miúdas rosas silvestres que ela comprara de manhã na feira, em parte porque o homem insistira tanto, em parte por ousadia. Arrumara-as no jarro de manhã mesmo, enquanto tomava o sagrado copo de leite das dez horas.

Mas à luz desta sala as rosas estavam em toda a sua completa e tranquila beleza.

Nunca vi rosas tão bonitas, pensou com curiosidade. E como se não tivesse acabado de pensar exatamente isso, vagamente consciente de que acabara de pensar exatamente isso e passando rápida por cima do embaraço em se reconhecer um pouco cacete, pensou numa etapa mais nova de surpresa: "sinceramente, nunca vi rosas tão bonitas". Olhou-as com atenção. Mas a atenção não podia se manter muito tempo como simples atenção, transformava-se logo em suave prazer, e ela não conseguia mais analisar as rosas, era obrigada a interromper-se com a mesma exclamação de curiosidade submissa: como são lindas.

Eram algumas rosas perfeitas, várias no mesmo talo. Em algum momento tinham trepado com ligeira avidez umas sobre as outras mas depois, o jogo feito, haviam se imobilizado tranquilas. Eram algumas rosas perfeitas na sua miudez, não de todo desabrochadas, e o tom rosa era quase branco. Parecem até artificiais! disse em surpresa. Poderiam dar a impressão de brancas se estivessem totalmente abertas mas, com as pétalas centrais enrodilhadas em botão, a cor se concentrava e, como num lóbulo de orelha, sentia-se o rubor circular dentro delas. Como são lindas, pensou Laura surpreendida.

Mas, sem saber por quê, estava um pouco constrangida, um pouco perturbada. Oh, nada demais, apenas acontecia que a beleza extrema incomodava.

Ouviu os passos da empregada no ladrilho da cozinha e pelo som oco reconheceu que ela estava de salto alto; devia pois estar pronta para sair. Então Laura teve uma ideia de certo modo muito original: por que não pedir a Maria para passar por Carlota e deixar-lhe as rosas de presente?

E também porque aquela beleza extrema incomodava. Incomodava? Era um risco. Oh, não, por que risco? apenas incomodava, eram uma advertência, oh não, por que advertência? Maria daria as rosas a Carlota.

— D. Laura mandou, diria Maria.

Sorriu pensativa: Carlota estranharia que Laura, podendo trazer pessoalmente as rosas, já que desejava presenteá-las, mandasse-as antes do jantar pela empregada. Sem falar que acharia engraçado receber as rosas, acharia "refinado"...

— Essas coisas não são necessárias entre nós, Laura! diria a outra com aquela franqueza um pouco bruta, e Laura diria num abafado grito de arrebatamento:

— Oh não! não! não é por causa do convite para jantar! é que as rosas eram tão lindas que tive o impulso de dar a você!

Sim, se na hora desse jeito e ela tivesse coragem, era assim mesmo que diria. Como é mesmo que diria? precisava não esquecer: diria — Oh não! etc. E Carlota se surpreenderia com a delicadeza de sentimentos de Laura, ninguém imaginaria que Laura tivesse também suas ideiazinhas. Nesta cena imaginária e aprazível que a fazia sorrir beata, ela chamava a si mesma de "Laura", como a uma terceira pessoa. Uma terceira pessoa cheia daquela fé suave e crepitante e grata e tranquila, Laura, a da golinha de renda verdadeira, vestida com discrição, esposa de Armando, enfim um Armando que não precisava mais se forçar a prestar atenção em todas as suas conversas sobre empregada e carne, que não precisava mais pensar na sua mulher, como um homem que é feliz, como um homem que não é casado com uma bailarina.

— Não pude deixar de lhe mandar as rosas, diria Laura, essa terceira pessoa tão, mas tão... E dar as rosas era quase tão bonito como as próprias rosas.

E mesmo ela ficaria livre delas.

E o que é mesmo que aconteceria então? Ah, sim: como ia dizendo, Carlota surpreendida com aquela Laura que não era inteligente nem boa mas que tinha também seus sentimentos secretos. E Armando? Armando a olharia com um pouco de bom espanto — pois é essencial não esquecer que de forma alguma ele está sabendo que a empregada levou de tarde as rosas!

— Armando encararia com benevolência os impulsos de sua pequena mulher, e de noite eles dormiriam juntos.

E ela teria esquecido as rosas e a sua beleza.

Não, pensou de súbito vagamente avisada. Era preciso tomar cuidado com o olhar de espanto dos outros. Era preciso nunca mais dar motivo para espanto, ainda mais com tudo ainda tão recente. E sobretudo poupar a todos o mínimo sofrimento da dúvida. E que não houvesse nunca mais necessidade da atenção dos outros — nunca mais essa coisa horrível de todos olharem-na mudos, e ela em frente a todos. Nada de impulsos.

Mas ao mesmo tempo viu o copo vazio na mão e pensou também: "ele" disse que eu não me esforce por conseguir, que não pense em tomar atitudes apenas para provar que já estou...

— Maria, disse então ao ouvir de novo os passos da empregada. E quando esta se aproximou, disse-lhe temerária e desafiadora: você poderia passar pela casa de d. Carlota e deixar estas rosas para ela? Você diz assim: "D. Carlota, d. Laura mandou". Você diz assim: "D. Carlota..."

— Sei, sei, disse a empregada paciente.

Laura foi buscar uma velha folha de papel de seda. Depois tirou com cuidado as rosas do jarro, tão lindas e tranquilas, com os delicados e mortais espinhos. Queria fazer um ramo bem artístico. E ao mesmo tempo se livraria delas. E poderia se vestir e continuar seu dia. Quando reuniu as rosinhas úmidas em buquê, afastou a mão que as segurava, olhou-as a distância, entortando a cabeça e entrefechando os olhos para um julgamento imparcial e severo.

E quando olhou-as, viu as rosas.

E então, incoercível, suave, ela insinuou em si mesma: não dê as rosas, elas são lindas.

Um segundo depois, muito suave ainda, o pensamento ficou levemente mais intenso, quase tentador: não dê, elas são suas. Laura espantou-se um pouco: porque as coisas nunca eram dela.

Mas estas rosas eram. Rosadas, pequenas, perfeitas: eram. Olhou-as com incredulidade: eram lindas e eram suas. Se conseguisse pensar mais adiante, pensaria: suas como nada até agora tinha sido.

E mesmo podia ficar com elas pois já passara aquele primeiro desconforto que fizera com que vagamente ela tivesse evitado olhar demais as rosas.

Por que dá-las, então? lindas e dá-las? Pois quando você descobre uma coisa boa, então você vai e dá? Pois se eram suas, insinuava-se ela persuasiva sem encontrar outro argumento além do mesmo que, repetido, lhe parecia cada vez mais convincente e simples. Não iam durar muito — por que então dá-las enquanto estavam vivas? O prazer de tê-las não significava grande risco — enganou-se ela — pois, quisesse ou não quisesse, em breve seria forçada a se privar delas, e nunca mais então pensaria nelas pois elas teriam morrido — elas não iam durar muito, por que então dá-las? O fato de não durarem muito parecia tirar-lhe a culpa de ficar com elas, numa obscura lógica de mulher que peca. Pois via-se que iam durar pouco (ia ser rápido, sem perigo). E mesmo — argumentou numa última e vitoriosa rejeição de culpa — não fora de modo algum ela quem quisera comprar, o vendedor insistira muito e ela se tornava sempre tão tímida quando a constrangiam, não fora ela quem quisera comprar, ela não tinha culpa nenhuma. Olhou-as com enlevo, pensativa, profunda.

E, sinceramente, nunca vi na minha vida coisa mais perfeita.

Bem, mas agora ela já falara com Maria e não teria jeito de voltar atrás. Seria então tarde demais? assustou-se vendo as rosinhas que aguardavam impassíveis na sua própria mão. Se quisesse, não seria tarde demais... Poderia dizer a Maria: "ô Maria, resolvi que eu mesma levo as rosas quando for jantar!" E, é claro, não as levaria... E Maria nunca precisaria saber. E, antes de mudar de roupa, ela se sentaria no sofá por um instante, só por um instante, para olhá-las. E olhar aquela tranquila isenção das rosas. Sim, porque, já tendo feito a coisa, mais valia aproveitar, não seria boba de ficar com a fama sem o proveito. Era isso mesmo o que faria.

Mas com as rosas desembrulhadas na mão ela esperava. Não as depunha no jarro, não chamava Maria. Ela sabia por quê. Porque devia dá-las. Oh ela sabia por quê.

E também porque uma coisa bonita era para se dar ou para se receber, não apenas para se ter. E, sobretudo, nunca para se "ser". Sobretudo nunca se deveria ser a coisa bonita. A uma coisa bonita faltava o gesto de dar. Nunca se devia ficar com uma coisa bonita, assim, como que guardada dentro do silêncio perfeito do coração. (Embora, se ela não desse as rosas, nunca ninguém no mundo ia saber que ela pretendera dá-las, quem iria jamais descobrir? era horrivelmente fácil e ao alcance da mão ficar com elas, pois quem iria descobrir? e elas seriam suas, e as coisas ficariam por isso mesmo e não se fala mais nisso...)

Então? e então? indagou-se vagamente inquieta.

Então, não. O que devia fazer era embrulhá-las e mandá-las, sem nenhum prazer agora; embrulhá-las e, decepcionada, mandá-las; e espantada ficar livre delas. Também porque uma pessoa tinha que ter coerência, seus pensamentos deviam ter congruência: se espontaneamente resolvera cedê-las a Carlota, deveria manter a resolução e dá-las. Pois ninguém mudava de ideia de um momento para outro.

Mas qualquer pessoa pode se arrepender! revoltou-se de súbito. Pois se só no momento de pegar as rosas é que notei quanto as achava lindas, pela primeira vez na verdade, ao pegálas, notara que eram lindas. Ou um pouco antes? (E mesmo elas eram suas.) E mesmo o próprio médico lhe dera a palmada nas costas e dissera: "não se esforce por fingir que a senhora está bem, porque a senhora *está* bem", e depois a palmada forte nas costas. Assim, pois, ela não era obrigada a ter coerência, não tinha que provar nada a ninguém e ficaria com as rosas. (E mesmo – e mesmo elas eram suas.)

— Estão prontas? perguntou Maria.

— Estão, disse Laura surpreendida.

Olhou-as, tão mudas na sua mão. Impessoais na sua extrema beleza. Na sua extrema tranquilidade perfeita de rosas. Aquela última instância: a flor. Aquele último aperfeiçoamento: a luminosa tranquilidade.

Como uma viciada, ela olhava ligeiramente ávida a perfeição tentadora das rosas, com a boca um pouco seca olhava-as.

Até que, devagar, austera, enrolou os talos e espinhos no papel de seda. Tão absorta estivera que só ao estender o ramo pronto notou que Maria não estava mais na sala – e ficou sozinha com seu heroico sacrifício. Vagamente dolorosa, olhou-as, assim distantes como estavam na ponta do braço estendido – e a boca ficou ainda mais enxuta, aquela inveja, aquele desejo. Mas elas são minhas, disse com enorme timidez.

Quando Maria voltou e pegou o ramo, por um mínimo instante de avareza Laura encolheu a mão retendo as rosas um segundo mais consigo – elas são lindas e são minhas, é a primeira coisa linda e minha! e foi o homem que insistiu, não fui eu que procurei! foi o destino quem quis! oh só dessa vez! só essa vez e juro que nunca mais! (Ela poderia pelo menos tirar para si uma rosa, nada mais que isso: uma rosa para si. E só ela saberia, e depois nunca mais oh, ela se prometia que nunca mais se deixaria tentar pela perfeição, nunca mais!)

E no segundo seguinte, sem nenhuma transição, sem nenhum obstáculo — as rosas estavam na mão da empregada, não eram mais suas, como uma carta que já se pôs no correio! não se pode mais recuperar nem riscar os dizeres! não adianta gritar: não foi isso o que quis dizer! Ficou com as mãos vazias mas seu coração obstinado e rancoroso ainda dizia: "você pode pegar Maria nas escadas, você bem sabe que pode, e tirar as rosas de sua mão e roubá-las". Por que tirá-las agora seria roubar? Roubar o que era seu? Pois era assim que uma pessoa que não tivesse nenhuma pena dos outros faria: roubaria o que era seu por direito! Oh, tem piedade, meu Deus. Você pode recuperar tudo, insistia com cólera. E então a porta da rua bateu.

Então a porta da rua bateu.

Então devagar ela se sentou calma no sofá. Sem apoiar as costas. Só para descansar. Não, não estava zangada, oh nem um pouco. Mas o ponto ofendido no fundo dos olhos estava maior e pensativo. Olhou o jarro. "Cadê minhas rosas", disse então muito sossegada.

E as rosas faziam-lhe falta. Haviam deixado um lugar claro dentro dela. Tira-se de uma mesa limpa um objeto e pela marca mais limpa que ficou então se vê que ao redor havia poeira. As rosas haviam deixado um lugar sem poeira e sem sono dentro dela. No seu coração, aquela rosa, que ao menos poderia ter tirado para si sem prejudicar ninguém no mundo, faltava. Como uma falta maior.

Na verdade, como a falta. Uma ausência que entrava nela como uma claridade. E também ao redor da marca das rosas a poeira ia desaparecendo. O centro da fadiga se abria em círculo que se alargava. Como se ela não tivesse passado nenhuma camisa de Armando. E na clareira as rosas faziam falta. "Cadê minhas rosas", queixou-se sem dor alisando as preguinhas da saia. Como se pinga limão no chá escuro e o chá escuro vai se clareando todo. Seu cansaço ia gradativamente se clareando. Sem cansaço nenhum, aliás. Assim como o vaga-lume acende. Já que não estava mais cansada, ia então se levantar e se vestir. Estava na hora de começar.

Mas, com os lábios secos, procurou um instante imitar por dentro de si as rosas. Não era sequer difícil.

Até bom que não estava cansada. Assim iria até mais fresca para o jantar. Por que não pôr na golinha de renda verdadeira o camafeu? que o major trouxera da guerra na Itália. Arremataria bem o decote. Quando estivesse pronta ouviria o barulho da chave de Armando na porta. Precisava se vestir. Mas ainda era cedo. Com a dificuldade de condução ele demorava. Ainda era de tarde. Uma tarde muito bonita.

Aliás já não era mais de tarde.

Era de noite. Da rua subiam os primeiros ruídos da escuridão e as primeiras luzes.

Aliás a chave penetrou com familiaridade no buraco da fechadura.

Armando abriria a porta. Apertaria o botão de luz. E de súbito no enquadramento da porta se desnudaria aquele rosto expectante que ele procurava disfarçar mas não podia conter. Depois sua respiração suspensa se transformaria enfim num sorriso de grande desopressão. Aquele sorriso embaraçado de alívio que ele nunca suspeitara que ela percebia. Aquele alívio que provavelmente, com uma palmada nas costas, tinham aconselhado seu pobre marido a ocultar. Mas que, para o coração tão cheio de culpa da mulher, tinha sido cada dia a recompensa por ter enfim dado de novo àquele homem a alegria possível e a paz, sagradas pela mão de um padre austero que permitia aos seres apenas a alegria humilde e não a imitação de Cristo.

A chave virou na fechadura, o vulto escuro e precipitado entrou, a luz inundou violenta a sala.

E na porta mesmo ele estacou com aquele ar ofegante e de súbito paralisado como se tivesse corrido léguas para não chegar tarde demais. Ela ia sorrir. Para que ele enfim desmanchasse a ansiosa expectativa do rosto, que sempre vinha misturada com a infantil vitória de ter chegado a tempo de encontrá-la chatinha, boa e diligente, e mulher sua. Ela ia sorrir para que de novo ele soubesse que nunca mais haveria o perigo dele chegar tarde demais. Ia sorrir para ensiná-lo docemente a confiar nela. Fora inútil recomendarem-lhes que nunca falassem no assunto: eles não falavam mas tinham arranjado uma linguagem de rosto onde medo e confiança se comunicavam, e pergunta e resposta se telegrafavam mudas. Ela ia sorrir. Estava demorando um pouco porém, ia sorrir.

Calma e suave, ela disse:

— Voltou, Armando. Voltou.

Como se nunca fosse entender, ele enviesou um rosto sorridente, desconfiado. Seu principal trabalho no momento era procurar reter o fôlego ofegante da corrida pelas escadas, já que triunfantemente não chegara atrasado, já que ela estava ali a sorrir-lhe. Como se nunca fosse entender.

— Voltou o quê, perguntou afinal num tom inexpressivo.

Mas, enquanto procurava não entender jamais, o rosto cada vez mais suspenso do homem já entendera, sem que um traço se tivesse alterado. Seu trabalho principal era ganhar tempo e se concentrar em reter a respiração. O que de repente já não era mais difícil. Pois inesperadamente ele percebia com horror que a sala e a mulher estavam calmas e sem pressa. Mais desconfiado ainda, como quem fosse terminar enfim por dar uma gargalhada ao constatar o absurdo, ele no entanto teimava em manter o rosto enviesado, de onde a olhava em guarda, quase seu inimigo. E de onde começava a não poder se impedir de vê-la sentada com mãos cruzadas no colo, com a serenidade do vaga-lume que tem luz.

No olhar castanho e inocente o embaraço vaidoso de não ter podido resistir.

— Voltou o quê, disse ele de repente com dureza.

— Não pude impedir, disse ela, e a derradeira piedade pelo homem estava na sua voz, o último pedido de perdão que já vinha misturado à altivez de uma solidão já quase perfeita. Não pude impedir, repetiu entregando-lhe com alívio a piedade que ela com esforço conseguira guardar até que ele chegasse. Foi por causa das rosas, disse com modéstia.

Como se fosse para tirar o retrato daquele instante, ele manteve ainda o mesmo rosto isento, como se o fotógrafo lhe pedisse apenas um rosto e não a alma. Abriu a boca e involuntariamente a cara tomou por um instante a expressão de desprendimento cômico que ele usara para esconder o vexame quando pedira aumento ao chefe. No instante seguinte, desviou os olhos com vergonha pelo despudor de sua mulher que, desabrochada e serena, ali estava.

Mas de súbito a tensão caiu. Seus ombros se abaixaram, os traços do rosto cederam e uma grande pesadez relaxou-o. Ele a olhou envelhecido, curioso.

Ela estava sentada com o seu vestidinho de casa. Ele sabia que ela fizera o possível para não se tornar luminosa e inalcançável. Com timidez e respeito, ele a olhava. Envelhecido, cansado, curioso. Mas não tinha uma palavra sequer a dizer. Da porta aberta via sua mulher que estava sentada no sofá sem apoiar as costas, de novo alerta e tranquila como num trem. Que já partira.

CONTO **Evolução de uma miopia**
DO LIVRO **A LEGIÃO ESTRANGEIRA**
APRESENTAÇÃO **Mônica Waldvogel**

O OLHAR DOS OUTROS QUE DEFINE o que somos é o tema do conto que escolhi – "Evolução de uma miopia" – e é um dos meus prediletos entre tantos da obra de Clarice Lispector. O personagem, um menino míope, percebe muito cedo como seus comentários e tiradas inteligentes provocam aprovação e orgulho nos pais.

Mas nem sempre; de quando em quando algo lhe escapa. Ele se sente desconcertado.

Essa instabilidade no efeito que é capaz de produzir em torno de si é tanto mais constante quanto mais se agrava a sua miopia. O fato de enxergar menos poderá libertá-lo do olhar do outro? A pergunta fica suspensa, ou melhor, presa no tique que o menino desenvolve. A cada perplexidade ou confusão em relação ao que dizem os olhos dos outros, ele pestaneja, franze o nariz, entorta os óculos.

Até o dia em que uma experiência ilumina para sempre o mundo fora de foco em que o garoto transitava até então. Ansioso pelo controle do olhar alheio, por alcançar um modo de manipular e conquistar amor para si, ele descobre a verdade "profunda e simples" daquilo que é irrealizável, inatingível, impossível.

Míope, o menino viu a luz no que não tem contorno, nem nunca terá.

E quem ler o conto, também verá.

Se era inteligente, não sabia. Ser ou não inteligente dependia da instabilidade dos outros. Às vezes o que ele dizia despertava de repente nos adultos um olhar satisfeito e astuto. Satisfeito, por guardarem em segredo o fato de acharem-no inteligente e não o mimarem; astuto, por participarem mais do que ele próprio daquilo que ele dissera. Assim, pois, quando era considerado inteligente, tinha ao mesmo tempo a inquieta sensação de inconsciência: alguma coisa lhe havia escapado. A chave de sua inteligência também lhe escapava. Pois às vezes, procurando imitar a si mesmo, dizia coisas que iriam certamente provocar de novo o rápido movimento no tabuleiro de damas, pois era esta a impressão de mecanismo automático que ele tinha dos membros de sua família: ao dizer alguma coisa inteligente, cada adulto olharia rapidamente o outro, com um sorriso claramente suprimido dos lábios, um sorriso apenas indicado com os olhos, "como nós sorriríamos agora, se não fôssemos bons educadores" — e, como numa quadrilha de dança de filme de faroeste, cada um teria de algum modo trocado de par e lugar. Em suma, eles se entendiam, os membros de sua família; e entendiam-se à sua custa. Fora de se entenderem à sua custa, desentendiam-se permanentemente, mas como nova forma de dançar uma quadrilha: mesmo quando se desentendiam, sentia que eles estavam submissos às regras de um jogo, como se tivessem concordado em se desentenderem.

Às vezes, pois, ele tentava reproduzir suas próprias frases de sucesso, as que haviam provocado movimento no tabuleiro de damas. Não era propriamente para reproduzir o sucesso passado, nem propriamente para provocar o movimento mudo da família. Mas para tentar apoderar-se da chave de sua "inteligência". Na tentativa de descoberta de leis e causas, porém, falhava. E, ao repetir uma frase de sucesso, dessa vez era recebido pela distração dos outros. Com os olhos pestanejando de curiosidade, no começo de sua miopia, ele se indagava por que uma vez conseguia mover a família, e outra vez não. Sua inteligência era julgada pela falta de disciplina alheia?

Mais tarde, quando substituiu a instabilidade dos outros pela própria, entrou por um estado de instabilidade consciente. Quando homem, manteve o hábito de pestanejar de repente ao próprio pensamento, ao mesmo tempo que franzia o nariz, o que deslocava os óculos – exprimindo com esse cacoete uma tentativa de substituir o julgamento alheio pelo próprio, numa tentativa de aprofundar a própria perplexidade. Mas era um menino com capacidade de estática: sempre fora capaz de manter a perplexidade como perplexidade, sem que ela se transformasse em outro sentimento.

Que a sua própria chave não estava com ele, a isso ainda menino habituou-se a saber, e dava piscadelas que, ao franzirem o nariz, deslocavam os óculos. E que a chave não estava com ninguém, isso ele foi aos poucos adivinhando sem nenhuma desilusão, sua tranquila miopia exigindo lentes cada vez mais fortes.

Por estranho que parecesse, foi exatamente por intermédio desse estado de permanente incerteza e por intermédio da prematura aceitação de que a chave não está com ninguém — foi através disso tudo que ele foi crescendo normalmente, e vivendo em serena curiosidade. Paciente e curioso. Um pouco nervoso, diziam, referindo-se ao tique dos óculos. Mas "nervoso" era o nome que a família estava dando à instabilidade de julgamento da própria família. Outro nome que a instabilidade dos adultos lhe dava era o de "bem-comportado", de "dócil". Dando assim um nome não ao que ele era, mas à necessidade variável dos momentos.

Uma vez ou outra, na sua extraordinária calma de óculos, acontecia dentro dele algo brilhante e um pouco convulsivo como uma inspiração.

Foi, por exemplo, quando lhe disseram que daí a uma semana ele iria passar um dia inteiro na casa de uma prima. Essa prima era casada, não tinha filhos e adorava crianças. "Dia inteiro" incluía almoço, merenda, jantar, e voltar quase adormecido para casa. E quanto à prima, a prima significava amor extra, com suas inesperadas vantagens e uma incalculável pressurosidade — e tudo isso daria margem a que pedidos extraordinários fossem atendidos. Na casa dela, tudo aquilo que ele era teria por um dia inteiro um valor garantido. Ali o amor, mais facilmente estável de apenas um dia, não daria oportunidade a instabilidades de julgamento: durante um dia inteiro, ele seria julgado o mesmo menino.

Na semana que precedeu "o dia inteiro", começou por tentar decidir se seria ou não natural com a prima. Procurava decidir se logo de entrada diria alguma coisa inteligente – o que resultaria que durante o dia inteiro ele seria julgado como inteligente. Ou se faria, logo de entrada, algo que ela julgasse "bem-comportado", o que faria com que durante o dia inteiro ele seria o bem-comportado. Ter a possibilidade de escolher o que seria, e pela primeira vez por um longo dia, fazia-o endireitar os óculos a cada instante.

Aos poucos, durante a semana precedente, o círculo de possibilidades foi se alargando. E, com a capacidade que tinha de suportar a confusão – ele era minucioso e calmo em relação à confusão – terminou descobrindo que até poderia arbitrariamente decidir ser por um dia inteiro um palhaço, por exemplo. Ou que poderia passar esse dia de um modo bem triste, se assim resolvesse. O que o tranquilizava era saber que a prima, com seu amor sem filhos e sobretudo com a falta de prática de lidar com crianças, aceitaria o modo que ele decidisse de como ela o julgaria. Outra coisa que o ajudava era saber que nada do que ele fosse durante aquele dia iria realmente alterá-lo. Pois prematuramente – tratava-se de criança precoce – era superior à instabilidade alheia e à própria instabilidade. De algum modo pairava acima da própria miopia e da dos outros. O que lhe dava muita liberdade. Às vezes apenas a liberdade de uma incredulidade tranquila. Mesmo quando se tornou homem, com lentes espessíssimas, nunca chegou a tomar consciência dessa espécie de superioridade que tinha sobre si mesmo.

A semana precedente à visita à prima foi de antecipação contínua. Às vezes seu estômago se apertava apreensivo: é que naquela casa sem meninos ele estaria totalmente à mercê do amor sem seleção de uma mulher. "Amor sem seleção" representava uma estabilidade ameaçadora: seria permanente, e na certa resultaria num único modo de julgar, e isso era a estabilidade. A estabilidade, já então, significava para ele um perigo: se os outros errassem no primeiro passo da estabilidade, o erro se tornaria permanente, sem a vantagem da instabilidade, que é a de uma correção possível.

Outra coisa que o preocupava de antemão era o que faria o dia inteiro na casa da prima, além de comer e ser amado. Bem, sempre haveria a solução de poder de vez em quando ir ao banheiro, o que faria o tempo passar mais depressa. Mas, com a prática de ser amado, já de antemão o constrangia que a prima, uma estranha para ele, encarasse com infinito carinho as suas idas ao banheiro. De um modo geral o mecanismo de sua vida se tornara motivo de ternura. Bem, era também verdade que, quanto a ir ao banheiro, a solução podia ser a de não ir nenhuma vez ao banheiro. Mas não só seria, durante um dia inteiro, irrealizável como — como ele não queria ser julgado "um menino que não vai ao banheiro" — isso também não apresentava vantagem. Sua prima, estabilizada pela permanente vontade de ter filhos, teria, na não ida ao banheiro, uma pista falsa de grande amor.

Durante a semana que precedeu "o dia inteiro", não é que ele sofresse com as próprias tergiversações. Pois o passo que muitos não chegam a dar ele já havia dado: aceitara a incerteza, e lidava com os componentes da incerteza com uma concentração de quem examina através das lentes de um microscópio.

À medida que, durante a semana, as inspirações ligeiramente convulsivas se sucediam, elas foram gradualmente mudando de nível. Abandonou o problema de decidir que elementos daria à prima para que ela por sua vez lhe desse temporariamente a certeza de "quem ele era". Abandonou essas cogitações e passou a previamente querer decidir sobre o cheiro da casa da prima, sobre o tamanho do pequeno quintal onde brincaria, sobre as gavetas que abriria enquanto ela não visse. E finalmente entrou no campo da prima propriamente dita. De que modo devia encarar o amor que a prima tinha por ele?

No entanto, negligenciara um detalhe: a prima tinha um dente de ouro, do lado esquerdo.

E foi isso – ao finalmente entrar na casa da prima – foi isso que num só instante desequilibrou toda a construção antecipada.

O resto do dia poderia ter sido chamado de horrível, se o menino tivesse a tendência de pôr as coisas em termos de horrível ou não horrível. Ou poderia se chamar de "deslumbrante", se ele fosse daqueles que esperam que as coisas o sejam ou não.

Houve o dente de ouro, com o qual ele não havia contado. Mas, com a segurança que ele encontrava na ideia de uma imprevisibilidade permanente, tanto que até usava óculos, não se tornou inseguro pelo fato de encontrar logo de início algo com que não contara.

Em seguida a surpresa do amor da prima. É que o amor da prima não começou por ser evidente, ao contrário do que ele imaginara. Ela o recebera com uma naturalidade que inicialmente o insultara, mas logo depois não o insultara mais. Ela foi logo dizendo que ia arrumar a casa que ele podia ir brincando. O que deu ao menino, assim de chofre, um dia inteiro vazio e cheio de sol.

Lá pelas tantas, limpando os óculos, tentou, embora com certa isenção, o golpe da inteligência e fez uma observação sobre as plantas do quintal. Pois quando ele dizia alto uma observação, ele era julgado muito observador. Mas sua fria observação sobre as plantas recebeu em resposta um "pois é", entre vassouradas no chão. Então foi ao banheiro onde resolveu que, já que tudo falhara, ele iria brincar de "não ser julgado": por um dia inteiro ele não seria nada, simplesmente não seria. E abriu a porta num safanão de liberdade.

Mas à medida que o sol subia, a pressão delicada do amor da prima foi se fazendo sentir. E quando ele se deu conta, era um amado. Na hora do almoço, a comida foi puro amor errado e estável: sob os olhos ternos da prima, ele se adaptou com curiosidade ao gosto estranho daquela comida, talvez marca de azeite diferente, adaptou-se ao amor de uma mulher, amor novo que não parecia com o amor dos outros adultos: era um amor pedindo realização, pois faltava à prima a gravidez, que já é em si um amor materno realizado. Mas era um amor sem a prévia gravidez. Era um amor pedindo, *a posteriori*, a concepção. Enfim, o amor impossível.

O dia inteiro o amor exigindo um passado que redimisse o presente e o futuro. O dia inteiro, sem uma palavra, ela exigindo dele que ele tivesse nascido no ventre dela. A prima não queria nada dele, senão isso. Ela queria do menino de óculos que ela não fosse uma mulher sem filhos. Nesse dia, pois, ele conheceu uma das raras formas de estabilidade: a estabilidade do desejo irrealizável. A estabilidade do ideal inatingível. Pela primeira vez, ele, que era um ser votado à moderação, pela primeira vez sentiu-se atraído pelo imoderado: atração pelo extremo impossível. Numa palavra, pelo impossível. E pela primeira vez teve então amor pela paixão.

E foi como se a miopia passasse e ele visse claramente o mundo. O relance mais profundo e simples que teve da espécie de universo em que vivia e onde viveria. Não um relance de pensamento. Foi apenas como se ele tivesse tirado os óculos, e a miopia mesmo é que o fizesse enxergar. Talvez tenha sido a partir de então que pegou um hábito para o resto da vida: cada vez que a confusão aumentava e ele enxergava pouco, tirava os óculos sob o pretexto de limpá-los e, sem óculos, fitava o interlocutor com uma fixidez reverberada de cego.

CONTO **Uma galinha**

DO LIVRO **LAÇOS DE FAMÍLIA**

APRESENTAÇÃO **Rubem Fonseca**

Tenho várias recordações da minha amiga querida Clarice Lispector. As que lembro com mais alegria são aquelas de quando ela ia jantar em minha casa com um pequeno grupo de convidados e sempre nos divertia, dizendo ou fazendo coisas interessantes, como no dia em que imitou modelos num desfile de alta costura ou então quando recitou poesias inventadas por ela naquele momento. Ela era uma mulher tímida e recatada, mas quando estava entre amigos (poucos) tornava-se encantadoramente divertida.

Releio Clarice constantemente, o que faço raramente com livros de prosa. Sempre descubro em seus textos novos significados. Clarice é, e será sempre, um dos mais importantes escritores da língua portuguesa. Quem gosta de literatura não pode deixar de ler a Clarice.

Mas conquanto leia os contos de Clarice constantemente, não consigo dizer qual deles eu prefiro. Ora escolho um, mas depois escolho outro, e em seguida outro, são tantos e todos excelentes. Então decidi escolher um conto da Clarice que causou uma briga que tive com um conhecido escritor, já falecido.

Eu estava almoçando com alguns escritores — não vou citar os nomes — e um deles começou a falar de livros e autores, com comentários jocosos e até mesmo ofensivos. Aquilo me desagradou, porém fiquei calado. Mas em certo momento ele disse: "Essa 'Galinha cega' da Clarice Lispector? Vocês leram? É mais uma idiotice dessas que ela escreve. Dar o título de "Galinha cega" já é uma bobagem, e o conto é pior ainda."

A irritação que senti foi tão grande que eu o interrompi dizendo que o autor que escrevia mais idiotices em todo Brasil era ele, e que, além de tudo, ele era um ignorante, o título do conto da Clarice era "Uma galinha", o conto "A galinha cega" era de autoria de João Alphonsus. Eu disse que não ficaria nem mais um minuto na mesa do restaurante com aquele cretino imbecil (foram as palavras que usei) e retirei-me.

A galinha da Clarice é inteiramente diferente da galinha do João Alphonsus, que tem um tom soturno e violento, enquanto que a galinha da Clarice tem humor. É uma galinha que não aceita o seu destino, a panela da cozinha, e foge de casa. Mas acaba sendo apreendida e nesse instante, cercada por seus sequestradores, ela põe um ovo. Uma menina da casa ao ver isso diz que não se pode matar aquela mãe. Recebe o apoio da família e a galinha é poupada. O que aconteceu com o ovo, se foi chocado, se dele nasceu um pinto, não se sabe. O certo é que após algum tempo a galinha cumpre o seu destino – a panela.

Esse conto já teve muitas interpretações, poéticas, filosóficas – a morte seria o destino de todos, homens e galinhas, inclusive. O certo é que o conto é muito interessante e a sua leitura prazerosa.

Leiam "Uma galinha". Ou melhor, leiam todos os contos da grande Clarice Lispector.

Era uma galinha de domingo. Ainda viva porque não passava de nove horas da manhã.

Parecia calma. Desde sábado encolhera-se num canto da cozinha. Não olhava para ninguém, ninguém olhava para ela. Mesmo quando a escolheram, apalpando sua intimidade com indiferença, não souberam dizer se era gorda ou magra. Nunca se adivinharia nela um anseio.

Foi pois uma surpresa quando a viram abrir as asas de curto voo, inchar o peito e, em dois ou três lances, alcançar a murada do terraço. Um instante ainda vacilou – o tempo da cozinheira dar um grito – e em breve estava no terraço do vizinho, de onde, em outro voo desajeitado, alcançou um telhado. Lá ficou em adorno deslocado, hesitando ora num, ora noutro pé. A família foi chamada com urgência e consternada viu o almoço junto de uma chaminé. O dono da casa, lembrando-se da dupla necessidade de fazer esporadicamente algum esporte e de almoçar, vestiu radiante um calção de banho e resolveu seguir o itinerário da galinha: em pulos cautelosos alcançou o telhado onde esta, hesitante e trêmula, escolhia com urgência outro rumo. A perseguição tornou-se mais intensa. De telhado a telhado foi percorrido mais de um quarteirão da rua. Pouco afeita a uma luta mais selvagem pela vida, a galinha tinha que decidir por si mesma os caminhos a tomar, sem nenhum auxílio de sua raça. O rapaz, porém, era um caçador adormecido. E por mais ínfima que fosse a presa o grito de conquista havia soado.

Sozinha no mundo, sem pai nem mãe, ela corria, arfava, muda, concentrada. Às vezes, na fuga, pairava ofegante num beiral de telhado e enquanto o rapaz galgava outros com dificuldade tinha tempo de se refazer por um momento. E então parecia tão livre.

Estúpida, tímida e livre. Não vitoriosa como seria um galo em fuga. Que é que havia nas suas vísceras que fazia dela um ser? A galinha é um ser. É verdade que não se poderia contar com ela para nada. Nem ela própria contava consigo, como o galo crê na sua crista. Sua única vantagem é que havia tantas galinhas que morrendo uma surgiria no mesmo instante outra tão igual como se fora a mesma.

Afinal, numa das vezes em que parou para gozar sua fuga, o rapaz alcançou-a. Entre gritos e penas, ela foi presa. Em seguida carregada em triunfo por uma asa através das telhas e pousada no chão da cozinha com certa violência. Ainda tonta, sacudiu-se um pouco, em cacarejos roucos e indecisos.

Foi então que aconteceu. De pura afobação a galinha pôs um ovo. Surpreendida, exausta. Talvez fosse prematuro. Mas logo depois, nascida que fora para a maternidade, parecia uma velha mãe habituada. Sentou-se sobre o ovo e assim ficou, respirando, abotoando e desabotoando os olhos. Seu coração, tão pequeno num prato, solevava e abaixava as penas, enchendo de tepidez aquilo que nunca passaria de um ovo. Só a menina estava perto e assistiu a tudo estarrecida. Mal porém conseguiu desvencilhar-se do acontecimento, despregou-se do chão e saiu aos gritos:

— Mamãe, mamãe, não mate mais a galinha, ela pôs um ovo! ela quer o nosso bem!

Todos correram de novo à cozinha e rodearam mudos a jovem parturiente. Esquentando seu filho, esta não era nem suave nem arisca, nem alegre, nem triste, não era nada, era uma galinha. O que não sugeria nenhum sentimento especial. O pai, a mãe e a filha olhavam já há algum tempo, sem propriamente um pensamento qualquer. Nunca ninguém acariciou uma cabeça de galinha. O pai afinal decidiu-se com certa brusquidão:

— Se você mandar matar esta galinha nunca mais comerei galinha na minha vida!

— Eu também! jurou a menina com ardor.

A mãe, cansada, deu de ombros.

Inconsciente da vida que lhe fora entregue, a galinha passou a morar com a família. A menina, de volta do colégio, jogava a pasta longe sem interromper a corrida para a cozinha. O pai de vez em quando ainda se lembrava: "E dizer que a obriguei a correr naquele estado!" A galinha tornara-se a rainha da casa. Todos, menos ela, o sabiam. Continuou entre a cozinha e o terraço dos fundos, usando suas duas capacidades: a de apatia e a do sobressalto.

Mas quando todos estavam quietos na casa e pareciam tê-la esquecido, enchia-se de uma pequena coragem, resquícios da grande fuga – e circulava pelo ladrilho, o corpo avançando atrás da cabeça, pausado como num campo, embora a pequena cabeça a traísse: mexendo-se rápida e vibrátil, com o velho susto de sua espécie já mecanizado.

Uma vez ou outra, sempre mais raramente, lembrava de novo a galinha que se recortara contra o ar à beira do telhado, prestes a anunciar. Nesses momentos enchia os pulmões com o ar impuro da cozinha e, se fosse dado às fêmeas cantar, ela não cantaria mas ficaria muito mais contente. Embora nem nesses instantes a expressão de sua vazia cabeça se alterasse. Na fuga, no descanso, quando deu à luz ou bicando milho – era uma cabeça de galinha, a mesma que fora desenhada no começo dos séculos.

Até que um dia mataram-na, comeram-na e passaram-se anos.

OS CONTOS FORAM SELECIONADOS DOS SEGUINTES LIVROS:

LAÇOS DE FAMÍLIA – 1960
Amor apresentado por Affonso Romano de Sant'Anna, poeta e crítico literário
A procura de uma dignidade apresentado por Benjamin Moser, tradutor e crítico literário
O crime do professor de matemática apresentado por Carlos Mendes de Sousa, professor de literatura brasileira na Universidade do Minho
A menor mulher do mundo apresentado por Luis Fernando Verissimo, escritor
Feliz aniversário apresentado por Lya Luft, escritora
A imitação da rosa apresentado por Marina Colasanti, escritora e jornalista
Uma galinha apresentado por Rubem Fonseca, escritor

Nesta coletânea de 13 contos, os personagens são sempre surpreendidos por uma modalidade perturbadora do insólito, no meio da banalidade de seus cotidianos. Clarice cria situações onde uma revelação desconstrói e ameaça a realidade e trata de temas como a solidão, a morte, a incomunicabilidade e os abismos da existência.

A LEGIÃO ESTRANGEIRA – 1964
O ovo e a galinha apresentado por Claire Williams, professora de literatura luso-brasileira na Universidade de Oxford
A repartição dos pães apresentado por Cora Rónai, jornalista
A quinta história apresentado por Fernanda Torres, atriz
Os desastres de Sofia apresentado por Maria Bethânia, cantora
Evolução de uma miopia apresentado por Mônica Waldvogel, jornalista

Os contos deste livro abordam o cotidiano familiar, a perversidade infantil e a solidão. As histórias colocam os leitores diante de situações cujo maior encanto é o de flagrar a intimidade dos personagens no momento em que eles descobrem o quanto há de extraordinário no dia a dia.

FELICIDADE CLANDESTINA – 1971
Menino a bico de pena apresentado por Adriana Lisboa, escritora
Perdoando Deus apresentado por Beth Goulart, atriz
Felicidade clandestina apresentado por Malu Mader, atriz

Esta coletânea de 25 contos reúne temas caros ao universo clariceano: a relação mágica com os animais, a descoberta do outro, as inúmeras possibilidades de se escrever uma história, a presença do inesperado no cotidiano previsível. Nos textos de cunho autobiográfico é possível flagrar, por exemplo, momentos da infância marcados pelos sentimentos mais diversos; da euforia das descobertas ao choque das frustrações.

A VIA CRUCIS DO CORPO – 1974
Ruído de passos apresentado por Adriana Falcão, escritora e roteirista
Ele me bebeu apresentado por Carla Camurati, cineasta e atriz
A língua do "P" apresentado por Fernanda Takai, cantora e compositora

Este livro de contos nasceu a partir da encomenda de um editor que contou três histórias para Clarice, cujo assunto, como ela disse, "era perigoso". E ela completa: "Se há indecências nas histórias a culpa não é minha." Nestas 13 histórias, mais do que revelar os desejos inconfessáveis do corpo se insinuam os delírios da alma crivada pelas experiências da velhice, da morte, do desejo carnal e dos momentos de fracasso.

ONDE ESTIVESTES DE NOITE – 1974
O relatório da coisa apresentado por José Castello, jornalista e escritor
É para lá que eu vou apresentado por Luiz Fernando Carvalho, cineasta e diretor de TV

Os contos reunidos neste livro fogem a qualquer classificação: contos, crônicas ou "relatórios do mistério"? Alguns extraídos de romances, outros publicados na imprensa e outros, então, inéditos. É um livro, como disse Clarice, feito de "supersensações". Os personagens tocam no proibido, no impuro, passam pelos caminhos do ódio, da paixão, do sexo, da alegria mansa; rompem as fronteiras entre o tempo e o espaço.

A BELA E A FERA – 1979
A fuga apresentado por Artur Xexéo, jornalista
A bela e a fera ou a ferida grande demais apresentado por Letícia Spiller, atriz

Os contos inéditos reunidos neste livro póstumo foram escritos em épocas diferentes. Na primeira parte, encontram-se alguns dos primeiros contos de Clarice Lispector, escritos ao longo da década de 1940. Na segunda parte, os dois últimos contos que escreveu.

OBRAS DA AUTORA

- ROMANCE
  A cidade sitiada
  A paixão segundo G. H.
  A maçã no escuro
  Água viva
  O lustre
  Perto do coração selvagem
  Um sopro de vida
  Uma aprendizagem ou o livro dos prazeres
  A hora da estrela
- CONTOS
  A bela e a fera
  A legião estrangeira
  A via crucis do corpo
  Felicidade clandestina
  Laços de família
  Onde estivestes de noite
- CRÔNICAS
  A descoberta do mundo
  Aprendendo a viver
  Para não esquecer
- CARTAS
  Correspondências
  Minhas queridas
- ENTREVISTAS
  De corpo inteiro
  Entrevistas
- COLUNAS NA IMPRENSA
  Correio feminino
  Só para mulheres
- COLETÂNEAS
  Aprendendo a viver – imagens
  Outros escritos
- INFANTIL
  A mulher que matou os peixes
  A vida íntima de Laura
  Como nasceram as estrelas
  O mistério do coelho pensante
  Quase de verdade

Este livro foi impresso na Editora JPA Ltda.,
Av. Brasil, 10.600 – Rio de Janeiro – RJ,
para a Editora Rocco Ltda.